Lo que se presenta a continuación
es una colección de cartas y documentos verídicos,
escritos durante el transcurso de
un verano
y concernientes a
los extraños eventos
que sucedieron
en cierta mansión
ubicada en
Paseo de las Ánimas no. 43,
en Lúgubre,
un pueblo que solía ser tranquilo
antes de que ocurrieran
estos acontecimientos.

Mortalmente encantado

La autora y la ilustradora quieren agradecer a los niños de la Casa Hogar del Condado Wright en Norwood, Missouri, y a los de la YMCA del Barrio Chino y Cameron House en San Francisco, California, por darnos la inspiración para este libro.

Dirección: Patricia López Zepeda
Coordinación de la colección: Karen Coeman
Cuidado de la edición: Pilar Armida y Obsidiana Granados
Diseño y formación: Maru Lucero
Traducción: Juan Elías Tovar Cross y Pilar Armida

Mortalmente encantado

Título original en inglés: *Dying to Meet You*

Texto D. R. © 2009, Kate Klise
Ilustraciones D. R. © 2009, M. Sarah Klise

Editado por Ediciones Castillo por acuerdo con Houghton Mifflin Harcourt Publishing Company, 10003, Nueva York, E.U.A.

Primera edición: julio de 2011
Tercera reimpresión: agosto de 2014
D. R. © 2011, Ediciones Castillo S. A. de C. V.
Castillo ® es una marca registrada.

Insurgentes Sur 1886, Col. Florida,
Del. Álvaro Obregón, C. P. 01030, México, D. F.

Ediciones Castillo forma parte del Grupo Macmillan

www.grupomacmillan.com
www.edicionescastillo.com
infocastillo@grupomacmillan.com
Lada sin costo: 01 800 536 1777

Miembro de la Cámara Nacional de la Industria Editorial Mexicana.
Registro núm. 3304

ISBN: 978-607-463-431-0

Impreso en México/*Printed in Mexico*

Impreso en los talleres de
Litográfica Ingramex S.A. de C.V., Centeno 162-1,
Col. Granjas Esmeralda, Delegación Iztapalapa,
C. P. 09810, México, D. F., Agosto de 2014.

Kate Klise

Ilustraciones de M. Sarah Klise

Mortalmente
encantado

Traducción de Juan Elías Tovar Cross
y Pilar Armida

Castillo de la lectura

Para su conveniencia, presentamos a continuación a todas aquellas personas involucradas en los eventos que se describen en este libro:

Ignecio S. Rezongón

Famoso autor de libros para niños

Anita de la Renta

Agente inmobiliario

O. Cielos

Abogado de Rezongón

Betsy Seller

Editora de los
libros de Rezongón

Profesores Des y Yanila Esperanza

Pareja de profesores que se dedican
a estudiar la actividad paranormal

Armando Esperanza

Su hijo de 11 años
y su gato, Sombra

A. Rosco Navas

Investigador privado

Y, desde luego…

La mujer que construyó la casa en Paseo de las Ánimas no. 43.

(Murió 97 años antes de que esta historia empezara.)

Oliva T. Vela

Al dar vuelta
a esta página

y a las páginas que le siguen,

usted libera, por medio de la presente,

a los compiladores

de esta correspondencia

de toda responsabilidad

sobre los pensamientos,

cavilaciones,

alucinaciones,

y sueños

(agradables o desagradables)

de o relacionados con

fantasmas,

amigables o no.

(Sólo intento prevenirlo.)

Esta historia verdadera comienza con
una carta, la cual se reproduce en su totalidad
en la página siguiente.

IGNECIO S. REZONGÓN

ESPECIALISTA EN MISTERIOS, EL CAOS Y LO MACABRO

CRIPTA NO. 400, NICHO 3-C, OSARIO, TÉNEBRE

Propiedades Propias
Callejón del Pánico no. 100
Mausoleo municipal, Fúnebre

22 de mayo

Estimado señor o señora:

¿Es cierto que rentan casas para la temporada de verano?
De ser así, agradeceré que me envíe una lista de las
propiedades disponibles. Estoy buscando un lugar tranquilo
para terminar mi próximo libro para niños. (A decir verdad,
todavía no lo empiezo, pero no se lo diga a mi editora.)

Por favor, responda vía correo postal, ya que he
desconectado todos mis teléfonos. No puede imaginar cuán
latoso puede ser un editor cuando un autor se pasa de la
fecha límite. Son tan insoportables como niños malcriados.

Y hablando de niños malcriados, la casa que rente debe
ubicarse a cierta distancia de toda escuela, parque y otros
puntos de reuniones infantiles. El hecho de que escriba
libros para niños no significa que quiera ver o escuchar
a los pequeños monstruos cuando trato de trabajar.

Cordialmente,

I. S. Rezongón

I. S. Rezongón

Sr. Ignecio S. Rezongón
Cripta no. 400, nicho 3-C
Osario, Ténebre

26 de mayo

Estimado Sr. Rezongón:

Qué emoción recibir una carta suya. ¡No sabía
que aún seguía vivo! Soy una GRAN admiradora
de sus libros. De pequeña, leí toda la serie sobre
el Domador de Espectros. Mi favorito era *Bartolomé
Pardo: ¿Lo conoces?* ¡Lo leí tres veces!

Le complacerá saber que tenemos una extensa
variedad de propiedades en renta para este verano.
Anexo un folleto.

Por favor, hágame saber si alguna de estas
propiedades le resulta atractiva. Si es así,
puedo proporcionarle más detalles y organizar
un recorrido de aquellas que sean de su interés.

Tratamos de evitar a toda costa que nuestros clientes se lleven una desilusión o, peor aun, una sorpresa.

Sinceramente,

Anita

Anita de la Renta

P. D. Apenas puedo esperar a leer su próximo libro. Cielos, ¿cuándo fue la última vez que publicó una novela?

PROPIEDADES PROPIAS

Cabaña en Cape Cod
Con vista al océano.

Departamento en Londres
Ubicado cerca de
la zona de teatros.

Belleza en la bahía
Sofisticación urbana.

¡Nuevas listas!

Casas de verano en renta

Clásica Cotswold
Encantadora residencia
en la campiña inglesa.

Escondite en los Hamptons
¡Vea y sea visto en este
distinguido refugio!

Morada victoriana
Mansión de 13 habitaciones
en Paseo de las Ánimas no. 43,
Lúgubre, Ténebre.

IGNECIO S. REZONGÓN

ESPECIALISTA EN MISTERIOS, EL CAOS Y LO MACABRO

CRIPTA NO. 400, NICHO 3-C, OSARIO, TÉNEBRE

CORREO NOCTURNO

Srita. Anita de la Renta
Propiedades Propias
Callejón del Pánico no. 100
Mausoleo municipal, Fúnebre

29 de mayo

Srita. de la Renta:

Me mudaré a la casa en Paseo de las Ánimas
este fin de semana. Envíe el contrato a mi abogado,
O. Cielos. Él maneja todo este tipo de papeleo.

Para su información, han pasado 20 años desde
que escribí un libro sobre el Domador de Espectros,
pero en realidad no creo que esto sea asunto suyo.

Cordialmente,

I. S. Rezongón

I. S. Rezongón

CC: O. Cielos
Abogado
Sepelio no. 4
Velatorio luctuoso, Descansempás

Cielos:
Por favor, firma lo que sea
y remite el pago total por todo
el verano a la señorita de la Renta.

I. S. R.

PROPIEDADES PROPIAS

Hogares históricos   Fantásticos fraccionamientos   Chulos chalets

Callejón del Pánico no. 100, Mausoleo municipal, Fúnebre

CORREO NOCTURNO

Sr. Ignecio S. Rezongón
Cripta no. 400, nicho 3-C
Osario, Ténebre

30 de mayo

Estimado Sr. Rezongón:

Gracias por su pronta respuesta. Aprecio su entusiasmo, pero debo decirle algo: la casa en Paseo de las Ánimas no es una propiedad que recomendaría para usted.

Los dueños han intentado venderla durante años. Nadie quiere comprarla porque... Oh, es una larga y tonta historia.

Tal como me lo indicó, envié el contrato de renta a su abogado, pero creo que usted estaría mucho más contento en otro lugar.

¿Puedo sugerir un departamento *trés* encantador en París? ¿O una granja rústica en la Toscana?

Le envío nuevas listas junto con esta carta.

Sinceramente,

Anita

Anita de la Renta

DE:
Propiedades Propias
Callejón del Pánico no. 100
Mausoleo municipal, Fúnebre

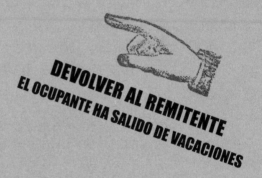

DEVOLVER AL REMITENTE
EL OCUPANTE HA SALIDO DE VACACIONES

URGENTE

PARA:
Sr. Ignecio S. Rezongón
Cripta no. 400
Nicho 3-C
Osario, Ténebre

Armando Esperanza

O.T.V.

Domingo 1° de junio

Querido Armando:

No hay necesidad de ser grosero
con nuestro nuevo huésped.
Ése es mi trabajo, ¿lo recuerdas?

Con cariño,

Oliva

1° de junio

¡Hola, Oliva!

Perdón. No quise ser grosero, pero este tipo me cae muy mal. ¿No puedes deshacerte de él, como hiciste con los otros?

¿¿¿¿Por favor?????

Armando

O.T.V.

Domingo 1° de junio

Armando:

Descuida, querido. Pienso hacerlo.
Pero primero déjame divertirme
un poco con él.

Éste se ve interesante.

Con cariño,

Oliva

❧ EL INFORMADOR LÚGUBRE ❧

Domingo 1º de junio   *«Sus secretos son asunto nuestro»*   **50 centavos**
Ale Goría, editora   🌼 **Edición matutina**

Famoso autor pasará el verano en Lúgubre

Ignecio S. Rezongón, 64, autor de la popular serie de libros para niños Domador de Espectros, pasará el verano en Lúgubre. Rezongón ha rentado la Mansión Vela, así conocida por los locales, en Paseo de las Ánimas no. 43. La casa, propiedad de los profesores Des y Yanila Esperanza, está a la venta. "Los Esperanza están ofreciendo su casa en renta mientras intentan encontrar un comprador", dijo Anita de la Renta, de Propiedades Propias.

Ignecio Rezongón renta mansión local.

Rezongón declinó solicitudes de entrevistas con un brusco "¡Largo de aquí!".

"Está trabajando en el nuevo libro de la serie Domador de Espectros y no desea ser molestado", explicó de la Renta en una entrevista vía telefónica desde su oficina en Fúnebre. "En lo personal", continúa de la Renta, "creo que Ignecio Rezongón es un viejo malhumorado, pero por favor no impriman esto en el periódico". (Lo sentimos, Anita. ¡Tus secretos son asunto nuestro!)

La Mansión Vela fue construida por una escritora que murió fracasada

Las fiestas en la mansión de Oliva T. Vela eran legendarias.

Resulta más que adecuado que Ignecio S. Rezongón rente la Mansión Vela. Después de todo, la mansión victoriana fue construida en 1874 por la difunta Oliva T. Vela como un espacio para escribir. Vela creó e ilustró docenas de novelas de misterio en la mansión de tres pisos. Organizaba suntuosas fiestas a las que invitaba a todo el pueblo para celebrar la conclusión de sus manuscritos. Sin embargo, para su enorme frustración, Vela nunca pudo encontrar una editorial que estuviera dispuesta a publicar sus novelas gráficas de misterio, las cuales indudablemente se adelantaron a su tiempo. Aquellos que conocieron a Vela afirman que el continuo rechazo ocasionó que se alejara de la sociedad. En sus últimos años, Vela, quien nunca se casó…

(Continúa en la página 2, primera columna.)

MANSIÓN *(Viene de la página 1, segunda columna).*

Los Esperanza esperaban sacar provecho de sus investigaciones fantasmagóricas en Lúgubre.

... ni tuvo hijos, raramente salía de la mansión. Su muerte, hace 97 años, fue atribuida a un corazón roto a causa de su carrera literaria fracasada. Cuenta la leyenda que, poco antes de su muerte, Vela juró que su fantasma rondaría su casa y el pueblo de Lúgubre por toda la eternidad, o hasta que alguno de sus misterios fuera publicado, lo que ocurriera primero.

"Sólo es un montón de tonterías", dijo Ma Cabra, dueña de Antigüedades Lúgubre. A lo largo de los años, se ha reportado que el fantasma de Vela ha aparecido en un viejo espejo en la tienda de antigüedades. Todos los intentos de fotografiar su imagen han sido en vano. "Si la gente quiere creer en fantasmas, déjenla", continuó Ma Cabra. "Yo ciertamente no creo en ellos."

Otro incrédulo es el señor Vicente Radovivo, dueño de la Tienda de Mascotas Lúgubre, donde una gigantesca tortuga de 197 años a quien llaman Sr. Poe tuerce la boca en una enigmática sonrisa cuando alguien menciona el nombre de Vela.

Por su parte, la propietaria de Gastronómica Lúgubre, Anestesia Mata, ha dejado de hornear tartas de duraznos. "Cuentan que era el postre favorito de Oliva", dijo la señorita Mata. "No estoy diciendo que creo en fantasmas. Sólo digo que cada vez que horneo una tarta de duraznos, la endiablada cosa desaparece. Lo mismo sucede con mis panqués de chispas de chocolate."

Des y Yanila Esperanza estaban al tanto de la historia de la Mansión Vela cuando compraron el inmueble hace 12 años, el cual había estado vacío durante más de ocho décadas. Como investigadores de lo paranormal, los Esperanza esperaban estudiar y documentar la existencia del fantasma de Oliva T. Vela.

"Si logramos que el fantasma de Oliva haga una aparición, haremos una fortuna", dijo Des Esperanza cuando él y su esposa se mudaron a la casa. "Seremos los investigadores de lo paranormal más ricos del país", añadió su esposa, "¡tal vez del mundo entero!". Sin embargo, tras repetidos experimentos que fracasaron en detectar evidencia alguna de la presencia del fantasma en la Mansión Vela, Des y Yanila Esperanza pusieron la casa en venta. Pasarán el verano en Europa, difundiendo las conclusiones de su investigación en un ciclo de conferencias titulado "Sólo los tontos (y los niños) creen en fantasmas". Los Esperanza dejaron a su único hijo, Armando, por razones profesionales.

Desaparecen libros de la biblioteca (otra vez)

O. Xiso, bibliotecario, pide que devuelvan libros robados

Una docena de libros han desaparecido de la Biblioteca Pública de Lúgubre. "Realmente no lo entiendo", dijo O. Xiso. "Quienquiera que posea una credencial de la biblioteca puede tomar libros prestados sin costo alguno. No hay razón para robarlos. Le pido a quien haya tomado los libros que los devuelva." Los 12 libros faltantes son de la serie Domador de Espectros de Ignecio S. Rezongón. No es la primera vez que el robo de libros u otros fenómenos misteriosos azotan la Biblioteca Pública de Lúgubre. "Pero no hay que entrar en ese asunto, ¿de acuerdo?", rogó O. Xiso.

IGNECIO S. REZONGÓN

ESPECIALISTA EN MISTERIOS, EL CAOS Y LO MACABRO

PASEO DE LAS ÁNIMAS NO. 43, LÚGUBRE, TÉNEBRE   DOMICILIO TEMPORAL

CORREO NOCTURNO

Srita. Anita de la Renta
Propiedades Propias
Callejón del Pánico no. 100
Mausoleo municipal, Fúnebre

URGENTE

2 de junio

Srita. de la Renta:

Tengo un serio problema con la casa que estoy rentando.
Hay un niño viviendo en una de las habitaciones del
tercer piso.

Lo descubrí esta mañana, mientras me familiarizaba
con la casa. El chico estaba en un cuarto diminuto
al que sólo se puede llegar subiendo la escalera más
peligrosa que he visto en mi vida, y luego arrastrándose
por un tortuoso pasillo.

Toda la casa tiene la misma distribución sin orden
ni concierto. Quienquiera que la haya diseñado debe
haber estado medio chiflado.

30

Pero volvamos al niño. Estaba sentado en una cama, dibujando en un cuaderno. Cuando le pregunté cuál era su nombre, volteó a verme por un minuto. Luego continuó dibujando.

Sospecho que este niño es el responsable de la fiesta de bienvenida que me recibió cuando llegué a este caserío desventurado. Pero eso no importa.

Le pido que saque al chico de esta casa DE INMEDIATO.

También hay un gato en la mansión. Soy altamente alérgico a los gatos. TAMBIÉN DEBE SACAR AL GATO.

Puede responder por carta. He desconectado el servicio telefónico para minimizar las distracciones que puedan alejarme de mi escritura.

Suyo en crisis,

I. S. Rezongón

I. S. Rezongón

Sr. Ignecio S. Rezongón
Paseo de las Ánimas no. 43
Lúgubre, Ténebre

3 de junio

Estimado Sr. Rezongón:

Si hubiera leído el contrato de renta, habría visto la siguiente cláusula:

> **CLÁUSULA 102 (a): Armando Esperanza tiene permiso de permanecer en Paseo de las Ánimas no. 43. Quienquiera que rente esta propiedad cuidará de Armando y de su gato, Sombra, mientras dure el contrato de alquiler, y los regresará en buen estado de salud a Des y Yanila Esperanza si ellos así lo solicitan.**

Usted me pidió que le enviara el contrato directamente a su abogado, el señor O. Cielos, quien lo firmó en su nombre y remitió el pago completo de la renta para todo el verano.

A su vez, yo envié el dinero, menos mi comisión,
a Des y Yanila Esperanza, los padres de Armando.

Siento que esté a disgusto con sus compañeros
de casa, pero traté de advertírselo.

Suerte con su libro.

Sinceramente,

Anita

Anita de la Renta

P. D. La Mansión Vela fue diseñada por una mujer
llamada Oliva T. Vela. Como usted, la señorita
Vela era escritora, aunque sus libros nunca fueron
publicados. Tal vez encuentre algún manuscrito
de sus misterios escondido en un rincón de la casa.
¡Podría ser divertido!

Srita. Anita de la Renta
Propiedades Propias
Callejón del Pánico no. 100
Mausoleo municipal, Fúnebre

5 de junio

Srita. de la Renta:

No tengo interés alguno en encontrar y/o leer el trabajo
de una mujer que, a juzgar por sus fracasos editoriales,
sabía tan poco acerca del arte de escribir libros como
del diseño de casas.

Mi próxima carta será para mi abogado, quien,
estoy seguro, podrá aclarar este asunto acerca
de mis indeseables compañeros de casa.

Suyo con la nariz en un pañuelo,

I. S. Rezongón

I. S. Rezongón

IGNECIO S. REZONGÓN

ESPECIALISTA EN MISTERIOS, EL CAOS Y LO MACABRO

CORREO NOCTURNO

O. Cielos
Abogado
Sepelio no. 4
Velatorio luctuoso, Descansempás

5 de junio

Cielos:

En qué lío me has metido. Quería rentar una casa
en algún sitio tranquilo para pasar el verano. Tenía
la esperanza de que cambiar de aires me ayudaría
a escribir el décimo tercer libro de la endemoniada
serie sobre el Domador de Espectros.

En lugar de eso, me encuentro en una vieja casa
sostenida por un suspiro de pintura apenas perceptible.
Peor aun, tengo que compartir este cuchitril con un
chico y su gato. ¿Por qué los padres de este niño lo
dejarían a MI cuidado? Los niños no me caen bien.
Y ODIO a los gatos.

Pero eso no importa. Retráctate de lo que sea que hayas firmado para meterme en este predicamento. No me importa lo que cueste. Sólo sácame de este rincón olvidado del mundo AHORA.

Tu infeliz cliente,

I. S. Rezongón

I. S. Rezongón

Ignecio S. Rezongón
Paseo de las Ánimas no. 43
Lúgubre, Ténebre

6 de junio

Estimado Ignecio:

Esta mañana realmente necesitaba algo que me
hiciera reír. ¡Gracias! Pero, en realidad, no puedes
mandarme una carta pidiéndome que firme un
contrato y, al día siguiente, exigirme que me
retracte. Éste es un contrato que debes cumplir.

En cuanto al dinero, quizás a ti no te importe,
Ignecio, pero a mí sí. ¿Te das cuenta de que estás
en bancarrota? De hecho, estás peor que en
bancarrota, porque ahora me debes $3000 pesos
de la pocilga que rentaste para el verano. Además,
ya te gastaste el adelanto que recibiste a cuenta
del nuevo libro sobre el Domador de Espectros,
el cual aún no has escrito.

Betsy Seller me llamó ayer para preguntar si sabía dónde estaban tú y, sobre todo, tu manuscrito. ¿Olvidaste mencionar a tu editora que saldrías de la ciudad? Yo te encubrí, Ignecio, pero no puedo seguir haciéndolo. Dijo que ya te pasaste dos meses de la fecha límite para entregar el libro.

Encuentra una habitación silenciosa en esa casa y escribe tu próximo libro. Voy a repetirlo, Ignecio: Escribe. Tu. Próximo. Libro. Necesitas el dinero. Tus pésimas inversiones y tu fastuoso estilo de vida te han convertido en un hombre muy pobre.

Sinceramente,

O. Cielos

O. Cielos

P. D. Sólo para que lo sepas, el contrato establece que estás obligado a cuidar de Armando Esperanza y su gato hasta el 1º de septiembre. ¿Quién sabe? Tal vez el chico te sirva de inspiración. Necesitas algo (o a alguien) que te ayude a superar el bloqueo creativo.

O. Cielos
Abogado
Sepelio no. 4
Velatorio luctuoso, Descansempás

7 de junio

Cielos:

Gracias por nada.

Si Seller te llama de nuevo, dile que terminaré el libro el 1° de agosto.

I. S. Rezongón

Ignecio S. Rezongón

P. D. No tengo bloqueo creativo. Es sólo que no he tenido ganas de escribir en unos años. (Está bien, en algunas décadas.) Aún no tengo ganas de escribir, pero voy a empezar ahora para que tú y Betsy Seller me dejen en paz.

*Misterio en Paseo de las Ánimas:
¡Bartolomé Pardo regresa!*

CAPÍTULO UNO

La casa era vieja y rechinaba. Si Bartolomé Pardo hubiera sabido qué tan vieja era y cuánto rechinaba, nunca la hubiera rentado para pasar el verano. Pero lo había hecho. Y así, el famoso detective de fantasmas se propuso sacar el mayor provecho del asunto.

—Supongo que aquí puedo domar espectros tan bien como en cualquier otro lado —Pardo suspiró y se dirigió a la terraza del frente, donde desplegó una manta deshilachada. Era la misma que Pardo colgaba dondequiera que trabajaba: una lona simple, pero de buen gusto, de color gris y con estas palabras en azul cielo: *Bartolomé Pardo: Domador de Espectros (Informes aquí)*.

~~Al día siguiente, Bartolomé Pardo...~~
~~Él... Eso... La...~~
~~Cuando...~~

¡AGHH! ¡Es imposible escribir con tantas distracciones!!!!

Armando Esperanza
Tercer piso
Paseo de las Ánimas no. 43
Lúgubre, Ténebre

8 de junio

Armando:

Debido a un descuido imperdonable de mi parte, parece que pasaremos el verano juntos. Por lo tanto, quiero establecer unas cuantas reglas.

REGLAS DE LA CASA

Regla no. 1: No me molestarás cuando escribo.

Regla no. 2: Te mantendrás alejado de mi cuarto y de mi baño en todo momento.

Regla no. 3: No te ocultarás detrás de puertas o entre las sombras de pasillos oscuros.

Regla no. 4: No me acosarás con solicitudes de autógrafos ni de libros autografiados.

41

Regla no. 5: Si debemos comunicarnos, lo haremos por escrito. Puedes dejar toda correspondencia frente a la puerta de mi cuarto. Fuera de eso, tienes prohibido el acceso al segundo piso de la casa*, del que me he apropiado por lo que resta del verano.

Si se me ocurren reglas adicionales, las añadiré a la lista.

Desde el segundo piso,

I. S. Rezongón

I. S. Rezongón

---

* Excepto en tu camino de y hacia tus habitaciones en el tercer piso.

Sr. Rezongón:

Leí sus reglas. Tengo algunas que me gustaría agregar:

REGLAS DE LA CASA (continuación)

Regla no. 6: No me dirá a qué hora debo ir a la cama.

Regla no. 7: No podrá decirme qué debo comer ni cuándo.

Regla no. 8: No pondrá discos con música de viejitos en el estéreo.

Regla no. 9: No le pediré su autógrafo si usted no me pide que lea sus libros. Nunca he leído un libro de la serie Domador de Espectros. No me gusta leer. Prefiero dibujar.

Regla no. 10: Puede dejarme sus cartas frente a la puerta de mi cuarto. Fuera de eso, tiene prohibido el paso al tercer piso. Sin excepciones.

Armando Esperanza

O.T.V.

Miércoles 11 de junio

Armando:

Me parece muy bien que te defiendas.
Este Rezongón es todo un personaje,
y no de los buenos.

¿Sabías que el viejo pazguato es el
responsable de esos horrorosos libros sobre
el Domador de Espectros? Estoy leyendo
la serie completa.

Imagínate: una colección de libros acerca
de un hombre que cree que puede domar
a un fantasma. ¡Qué iluso!

Con amor,

Oliva

IGNECIO S. REZONGÓN

ESPECIALISTA EN MISTERIOS, EL CAOS Y LO MACABRO

PASEO DE LAS ÁNIMAS NO. 43, LÚGUBRE, TÉNEBRE   DOMICILIO TEMPORAL

Armando Esperanza
Tercer piso
Paseo de las Ánimas no. 43
Lúgubre, Ténebre

12 de junio

Armando:

Insisto en que no debes fastidiarme cuando estoy escribiendo. El sonido de puertas azotándose en el piso de arriba es sumamente molesto. Esto debe acabar.

Además, en tu nota mencionaste que nunca habías leído ninguno de mis libros, pero esta mañana descubrí los 12 títulos de la serie Domador de Espectros en la mesa del comedor cuando bajé a desayunar. Por esta razón, añadiré lo siguiente a las Reglas de la casa:

Regla no. 11: No mentir.

Firmemente,

I. S. Rezongón

I. S. Rezongón

46

12 de junio

Sr. Rezongón:

Muy bien. Entonces agregaré:

Regla no. 12: <u>No acusar en falso.</u>

Yo no le mentí. Y ésos no son mis libros. Sospecho que alguien en esta casa ha estado robando libros de la Biblioteca Pública de nuevo.

¿Sabes algo al respecto, Oliva?

Armando Esperanza

Armando Esperanza
Tercer piso
Paseo de las Ánimas no. 43
Lúgubre, Ténebre

12 de junio

Armando:

Escucha bien, jovencito. Jamás he robado un libro
de una biblioteca. Y mi nombre es Ignecio, no Oliva.

Aunque preferiría que en tus comunicados te dirijas
a mí como Sr. Rezongón.

Perdiendo la paciencia en el segundo piso,

I. S. Rezongón

Sr. Rezongón:

Sé muy bien cuál es su nombre. Esa nota era para
alguien más. Su nombre es Oliva y vive en la cúpula.
Es esta parte de la casa:

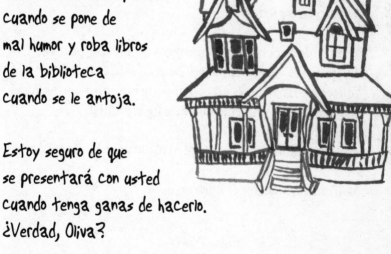

Es un fantasma
y es mi mejor amiga.
A veces azota la puerta
cuando se pone de
mal humor y roba libros
de la biblioteca
cuando se le antoja.

Estoy seguro de que
se presentará con usted
cuando tenga ganas de hacerlo.
¿Verdad, Oliva?

Armando Esperanza

49

IGNECIO S. REZONGÓN

ESPECIALISTA EN MISTERIOS, EL CAOS Y LO MACABRO

PASEO DE LAS ÁNIMAS NO. 43, LÚGUBRE, TÉNEBRE   DOMICILIO TEMPORAL

O. Cielos
Abogado
Sepelio no. 4
Velatorio luctuoso, Descansempás

13 de junio

O. Cielos:

Esto te va a gustar.

Armando Esperanza, el niño con quien compartiré
la casa este verano, aparentemente está tratando de
ahuyentarme con el cuento de que hay una fantasma
llamada Oliva en la cúpula de este cuchitril.

Gracioso, ¿no? El chico debe pensar que soy un tonto.

Mañana empezaré el libro en serio.

I. S. Rezongón

I. S. Rezongón

Ignecio S. Rezongón
Paseo de las Ánimas no. 43
Lúgubre, Ténebre

16 de junio

Querido Ignecio:

Muy gracioso, lo del chico y su "fantasma".
Inclúyelo en el libro.

Hablando de lo cual, tu editora llamó de nuevo
esta mañana. Le dije que habías salido de
la ciudad porque debías atender un asunto de
familia. Ella respondió: "¿Qué familia? Rezongón
no tiene esposa ni hijos. Ni siquiera creo que tenga
amigos, ¿o sí?".

Le dije que yo era tu amigo. Ella rio y añadió:
"Sólo porque te paga". (No le dije que, en realidad,
me debes mucho dinero.)

Ignecio, he sido tu abogado durante un largo
tiempo. Soy tu mayor fan, pero estoy preocupado.

51

Si no estás seguro de poder escribir el décimo tercer volumen de la serie Domador de Espectros, debes decírmelo ahora para empezar a pensar en cómo zafarte del contrato con Publicaciones Betsy Seller.

Ella insistirá en que devuelvas el adelanto de $100 000 pesos que te pagó por este libro, así que trataremos de idear un plan para que puedas regresarle el dinero.

Házmelo saber.

O. Cielos

O. Cielos

IGNECIO S. REZONGÓN

ESPECIALISTA EN MISTERIOS, EL CAOS Y LO MACABRO

PASEO DE LAS ÁNIMAS NO. 43, LÚGUBRE, TÉNEBRE   DOMICILIO TEMPORAL

O. Cielos
Abogado
Sepelio no. 4,
Velatorio luctuoso, Descansempás

18 de junio

O. Cielos:

Gracias otra vez por interceder por mí con Seller.

Tengo toda la intención de empezar —y de acabar—
este libro cuanto antes.

Me voy a encerrar en mi habitación a escribir tan pronto
firme esta carta. Voy a terminar este libro antes de que
puedas decir "bu".

I. S. Rezongón

I. S. Rezongón

Volumen no. 13
de la serie Domador de Espectros

Misterio en Paseo de las Ánimas:
¡Bartolomé Pardo regresa!

CAPÍTULO UNO

La casa era vieja y rechinaba. Si Bartolomé Pardo hubiera sabido qué tan vieja era y cuánto rechinaba, nunca la hubiera rentado para pasar el verano. Pero lo había hecho. Y así, el famoso detective de fantasmas se propuso sacar el mayor provecho del asunto.

Tras haber depositado su maleta en el suelo, Bartolomé se dispuso a familiarizarse con la casa en donde viviría durante el verano.

Empezó por el vestíbulo. De un lado, había un sofá estropeado bajo el retrato al óleo de una mujer malencarada.

—Esa cara sí que podría resucitar a los muertos —dijo Pardo.

Se detuvo frente al retrato para estudiarlo detenidamente hasta que un ratón corrió a toda prisa sobre su zapato.

Pardo atravesó el vestíbulo y se dirigió a una habitación donde sólo había muebles destrozados y un piano de cola cuyas teclas amarillentas parecían los dientes de la osamenta de una bestia ancestral.

~~Él...~~

~~En eso...~~

~~Entonces, el...~~

¡ARG!

IGNECIO S. REZONGÓN

ESPECIALISTA EN MISTERIOS, EL CAOS Y LO MACABRO

PASEO DE LAS ÁNIMAS NO. 43, LÚGUBRE, TÉNEBRE   DOMICILIO TEMPORAL

Armando Esperanza
Tercer piso
Paseo de las Ánimas no. 43
Lúgubre, Ténebre

18 de junio

Armando:

Estás quebrantando la Regla no. 1, la cual establece
que NO me molestarás mientras escribo. Esto incluye
tocar el piano. El sonido de tus dedos aporreando
las teclas hace que la cabeza me punce.

Si realmente debes tocar el piano, hazlo por la tarde,
cuando salgo a dar mi paseo cotidiano.

I. S. Rezongón

I. S. Rezongón

P. D. Si hay una razón de que los gatos existan, es que
exterminan a los ratones. Quizá tu gato pueda proveer
dichos servicios en el primer piso.

19 de junio

Sr. Rezongón:

Yo no lo hice. Ni siquiera sé tocar el piano, pero Oliva
es una excelente pianista.

¿Ya la conoció? ¡Ahí está! ¿La escucha?
Está dando de pisotones en la cúpula. Debe de estar
enojada con alguien. O quizá perdió sus lentes.
Eso siempre la pone de mal humor.

Armando Esperanza

P. D. A Sombra no le gusta comer ratones. Prefiere
la comida que prepara Oliva. Ella cocina para nosotros
desde que mis padres se fueron.

Éste soy yo observando cómo cocina Oliva.

Estos somos Sombra, Oliva y yo cenando juntos.

Éste soy yo escuchando a Oliva tocar el piano
después de la cena.

IGNECIO S. REZONGÓN

ESPECIALISTA EN MISTERIOS, EL CAOS Y LO MACABRO

PASEO DE LAS ÁNIMAS NO. 43, LÚGUBRE, TÉNEBRE   DOMICILIO TEMPORAL

Srita. Anita de la Renta
Propiedades Propias
Callejón del Pánico no. 100
Mausoleo municipal, Fúnebre

20 de junio

Srita. de la Renta:

Una cosa es que me pidan cuidar a un chico abandonado
durante el verano y otra completamente diferente
es tener que cuidar a un niño que sufre de alucinaciones
y/o es un mentiroso sin remedio.

Me refiero, desde luego, a Armando Esperanza, quien
me ha informado que una "fantasma" llamada Oliva
vive en la cúpula de esta casa y cocina para él y para
su gato noche a noche.

Ahora bien, estoy consciente de que los niños
sienten una extraña fascinación por lo macabro.
Yo hice (y perdí) una fortuna gracias a este hecho.

Pero, señorita de la Renta, este niño se la pasa
dando de pisotones en la cúpula, azotando puertas,
robando libros de la Biblioteca Pública de Lúgubre
y aporreando un piano desafinado a media noche,
distrayéndome así de escribir mi libro, razón por
la cual decidí rentar esta supuesta mansión victoriana
EN PRIMER LUGAR.

Si no me devuelve mi depósito, al menos dígame cómo
y dónde puedo localizar a los padres de este niño. Su hijo
evidentemente necesita ayuda profesional. Tengo toda
la intención de informárselos si usted es tan amable de
facilitarme la dirección en la que se les puede contactar
este verano.

Responsablemente,

I. S. Rezongón

I. S. Rezongón

Sr. Ignecio S. Rezongón
Paseo de las Ánimas no. 43
Lúgubre, Ténebre

23 de junio

Estimado Sr. Rezongón:

Sí tengo la dirección para contactar a Des y Yanila
Esperanza. De hecho, soy la única persona que sabe
dónde será su ciclo de conferencias. Sin embargo,
me temo que no puedo revelarle dicha información.
Tengo órdenes estrictas de no contactarlos a menos
que encuentre un comprador para su casa.

Con respecto a Armando, sé todo acerca de ese
niño. Ha conseguido ahuyentar exitosamente
a todos y cada uno de los arrendatarios y posibles
compradores de la Mansión Vela con sus historias
e imitaciones de fantasmas. Incluso me escribió
una carta el mes pasado diciendo que él mismo
planeaba comprar la casa. "Me gusta vivir aquí
con Oliva", escribió. "Soy el único que puede verla,
pero sólo cuando tiene ganas de ser vista, lo cual
no es muy común. Oliva disfruta su privacidad,
y no le cae bien la gente que trata de sacar provecho
de ella, como mis papás."

Desde luego que Armando necesita ayuda profesional, pero me temo que no puedo divulgar la dirección del sitio donde sus padres pasarán el verano, a menos que esté interesado en comprar la Mansión Vela. Si es así, ¡estaré encantada de ponerlo en contacto con Des y Yanila Esperanza!

Si le sirve de consuelo, no hay de qué preocuparse acerca de la presencia de un fantasma en la Mansión. Des y Yanila Esperanza son famosos en todo el mundo por sus estudios sobre lo paranormal. De hecho, compraron la casa con la esperanza de encontrar un fantasma, pero nunca lo lograron. Lo que descubrieron fue que su hijo estaba más chiflado de lo que pensaban.

¿Ahora entiende por qué los profesores Des y Yanila Esperanza no quisieron que su hijo viajara a Europa con ellos? Es un niño muy enfermo, y sus ridículos inventos amenazan con sabotear la investigación y descubrimientos de sus padres, sin mencionar la posibilidad de vender la Mansión Vela.

Sinceramente,

Anita

Anita de la Renta

P. D. ¿Cómo va su libro? Espero que no sea de mala suerte escribir el volumen 13 de una serie.

IGNECIO S. REZONGÓN

ESPECIALISTA EN MISTERIOS, EL CAOS Y LO MACABRO

PASEO DE LAS ÁNIMAS NO. 43, LÚGUBRE, TÉNEBRE   DOMICILIO TEMPORAL

Srita. Anita de la Renta
Propiedades Propias
Callejón del Pánico no. 100
Mausoleo municipal, Fúnebre

26 de junio

Srita. de la Renta:

¿Yo, interesado en comprar esta vieja pocilga? No lo creo.
Tampoco me asustan los rumores pueriles ni las imitaciones
baratas de fantasmas. ¿Por qué? Por una sencilla razón,
señorita de la Renta: los fantasmas NO existen.

Su asombrosa falta de voluntad para ayudarme sólo
se compara con su pasmosa ignorancia.

I. S. Rezongón

I. S. Rezongón

P. D. Sólo personas ingenuas e iletradas como usted creen
en la magia negra y en números de mala suerte. Para su
información, a pesar de las condiciones abismales en las
que estoy trabajando, el libro va de maravilla. Retomaré
mi trabajo tan pronto envíe esta carta.

Volumen no. 13
de la serie Domador de Espectros

Misterio en Paseo de las Ánimas:
¡Bartolomé Pardo regresa!

CAPÍTULO UNO

La casa era vieja y rechinaba. Si Bartolomé Pardo hubiera sabido qué tan vieja era y cuánto rechinaba, nunca la hubiera rentado para pasar el verano. Pero lo había hecho. Y así, el famoso detective de fantasmas se propuso sacar el mayor provecho del asunto.

Decidió que la situación ameritaba una buena cena en un restaurante fino. No había comido nada desde muy temprano y tenía mucho apetito. Nadie saboreaba la anticipación de una buena cena como Bartolomé Pardo.

Sin embargo, justo cuando tomó su sombrero y su chaqueta de lino, un gato se deslizó a su cuarto con un muslo de pollo horneado bañado en salsa blanca entre sus feroces fauces. El apetito de Bartolomé Pardo desapareció de inmediato.

—Parece que éste —suspiró— será un verano muy largo.

O.T.V.

Jueves 26 de junio

Me robaste las palabras de la boca.

Aún así, es muy aburrido. Tu libro, quiero
decir. Lo leí mientras saliste a dar un paseo.

Oliva

Armando Esperanza
Tercer piso
Paseo de las Ánimas no. 43
Lúgubre, Ténebre

26 de junio

Armando:

Pequeño sinvergüenza. ¿Cómo te atreves a decir que
el libro que estoy escribiendo es aburrido? ¿Y qué estabas
haciendo en mi habitación?

Si continúas violando las Reglas de la casa que hemos
establecido, tendré que castigarte.

Ah, sí, muy listo. ¿Así que vamos a azotar puertas de
nuevo? Mientras tocas el piano, claro. Creo que conozco
a un jovencito que necesita una buena tunda.

En camino al tercer piso,

I. S. Rezongón

I. S. Rezongón

O.T.V.

Jueves 26 de junio

Si pones una mano encima de ese chico,
te arrepentirás.

Oliva

O. Cielos
Abogado
Sepelio no. 4
Velatorio luctuoso, Descansempás

1° de julio

Cielos:

Te escribo desde el hospital. No hay de qué
preocuparse. La emergencia ya pasó y aún
estoy vivo, aunque sigo un poco aturdido.

Fue de lo más extraño. El jueves por la noche, a las
7 p.m. en punto, iba en camino al pasillo del segundo
piso para hacer entrar en razón a mi compañero
de casa de 11 años de edad, cuando de pronto
un candelabro de cristal se vino abajo.

No me cayó encima de milagro. Sin embargo, no pude
evitar pisar varios vidrios rotos, los cuales perforaron
mis pantuflas italianas. De ahí las cuatro puntadas
en mi pie izquierdo y seis en el derecho.

Pero eso no fue lo más extraño. Minutos antes de
que esto ocurriera, el chico, que aún está intentando
asustarme con sus imitaciones fantasmagóricas, deslizó
una nota por debajo de mi puerta diciendo que,
si le ponía una mano encima, me arrepentiría.

Es decir, al menos creo que fue el chico. En realidad,
no lo vi deslizar la nota bajo mi puerta ni vi que
la escribiera. Si fuera un poco más crédulo, pensaría que...

No tiene importancia. Todo este asunto es completamente
absurdo. Y sí, pienso incluirlo en el libro, si es que logro
conseguir un poco de paz y quietud para escribir.

No es necesario que respondas esta carta, Cielos. Sólo
necesitaba hablar con alguien. De hecho, ya me siento
mucho mejor.

Regresaré a trabajar en cuanto me den de alta.

Animosamente y sólo con una ligera cojera,

I. S. Rezongón

I. S. Rezongón

¡Hola, Oliva!

Buen trabajo en deshacerte del señor Rezongón.

Armando

Éste es el señor Rezongón en su último día aquí.

O.T.V.

Jueves 3 de julio

Querido Armando:

Aún no termino con Ignecio S. Rezongón.
¡Me estoy divirtiendo mucho con él! Además,
estoy leyendo su diario. Es mucho mejor que ese
aburrido libro que está tratando de escribir.

Pero eso no importa. ¿En verdad quieres comprar
mi casa? Si es así, vas a necesitar mucho más que
los $367.50 que has ahorrado repartiendo periódicos.

¿Por qué no podas el jardín de la señora Dolores
d'Parto? Lo haría yo misma, pero, ¿qué diría
la gente si viera una podadora yendo de un lado
a otro por sí sola? Ser invisible es terriblemente
práctico, pero tiene sus inconvenientes.

Si trabajas duro hoy, prepararé pollo con pimentón
el sábado por la noche. A las 8 en punto. Con la
indumentaria adecuada, por favor. ¿Te importaría
que invitara al señor Rezongón a cenar con nosotros?

Con cariño,

Oliva

71

3 de julio

Oliva:

¿Por qué quieres invitar al señor Rezongón a cenar con nosotros?

Prefiero que sólo seamos tú, yo y Sombra.

Armando

O.T.V.

Viernes 4 de julio

Querido Armando:

¿Que por qué quiero invitar a Rezongón
a cenar? Porque molestarlo es increíblemente
entretenido. Si te soy sincera, creo que
no me había divertido así en 80 años.

¡Y aquí llega en taxi! Oh, vaya. Mira todas
esas vendas. No me había dado cuenta de
lo peligroso que podía ser un candelabro.

Me remuerde un poco la conciencia.
Definitivamente lo invitaré a cenar con nosotros.
El pobre bufón. Sólo míralo renguear escaleras
arriba hacia su habitación. Se acaba de sentar
frente a su escritorio. Parece que está escribiendo
una carta. ¡Es para ti! Uy. Dejaré que tú mismo
la leas.

Con amor,

Oliva

IGNECIO S. REZONGÓN

ESPECIALISTA EN MISTERIOS, EL CAOS Y LO MACABRO

PASEO DE LAS ÁNIMAS NO. 43, LÚGUBRE, TÉNEBRE   DOMICILIO TEMPORAL

Armando Esperanza
Tercer piso
Paseo de las Ánimas no. 43
Lúgubre, Ténebre

4 de julio

Armando:

Parece que empezamos nuestra relación con el pie izquierdo. Pero aún nos quedan casi dos meses completos viviendo bajo el mismo techo. Durante este tiempo, debo escribir un libro. Por lo tanto, te suplico que te apegues a las Reglas de la casa, a las cuales, en vista de los eventos recientes, añado lo siguiente:

Regla no. 13: Queda prohibido leer mi manuscrito.

Regla no. 14: No provocar que objetos peligrosos (tales como candelabros) caigan del techo.

Debo insistir en que respetes estas reglas para que yo pueda escribir, lo cual intentaré hacer ahora.

I. S. Rezongón

I. S. Rezongón

Volumen no. 13
de la serie Domador de Espectros

Misterio en Paseo de las Ánimas:
¡Bartolomé Pardo regresa!

CAPÍTULO UNO

La casa era vieja y rechinaba. Si Bartolomé Pardo hubiera sabido qué tan vieja era y cuánto rechinaba, nunca la hubiera rentado para pasar el verano. Pero lo había hecho. Y así, el famoso detective de fantasmas se propuso sacar el mayor provecho del asunto.

Bartolomé Pardo tomó su maleta y ascendió por la polvorienta escalera hacia el segundo piso. Al avanzar por el largo pasillo, vio de reojo un candelabro cubierto de telarañas que pendía del techo de una cuerda raída.

"Ese candelabro", pensó Bartolomé Pardo, "es un accidente en espera de suceder".

Mientras contemplaba el

O.T.V.

Viernes 4 de julio
11:45 p.m.

Ignecio:

Te quedaste dormido frente a tu computadora.
Espero que no te haya importado que te llevara
a tu cama y te arropara.

Y en cuanto al candelabro, te ofrezco una
disculpa. Hacía mucho tiempo que no resolvía
un asunto tan dramáticamente. Me temo que
estoy un poco oxidada. (Bueno, tú también
lo estarías si tuvieras 190 años.)

Ahora, acerca de este libro que estás tratando
de escribir: tienes un buen comienzo.

PLANTEAMIENTO:

Nuestro personaje principal es el autor de
una serie bastante aburrida de libros para
niños acerca de un supuesto domador de
espectros llamado Bartolomé Pardo. Este
personaje tiene un contrato para escribir

el décimo tercer volumen de dicha serie, pero está atorado —tanto en el plano creativo como en el emocional. Por eso se dirige a un lugar lleno de posibilidades espectaculares: una mansión victoriana.

COMPLICACIONES:

Una vez ahí, el autor descubre que tendrá que compartir la casa con un chico de 11 años y con un verdadero fantasma, el cual, a pesar de tener muy mal genio, resulta mejor escritora que nuestro personaje principal. (De nuevo, una disculpa por lo del candelabro.)

Pero, ¿acaso no lo ves, Ignecio? Ahí yace el CONFLICTO que debe de estar en el corazón de toda buena historia.

Ahora bien, desde mi punto de vista, el planteamiento y las relaciones deben conectarse. La atmósfera debe cambiar. Pero, me pregunto: ¿De quién trata esta historia? ¿De Bartolomé Pardo? No lo creo. ¿Me importa un personaje así? En realidad, no. Es demasiado plano. Demasiado rígido. Completamente inverosímil.

¿Qué hay del egocéntrico autor que escribe
sobre Pardo? ¿Esta historia trata de él? Tal vez,
pero, ¿no será más bien la historia del glamoroso
fantasma? ¿Y dónde entra el chico? Todo es
medianamente interesante, pero no tan intrigante
como esto: ¿qué debería de ocurrir para lograr
que el personaje principal (es decir, el escritor
cascarrabias) crea en la existencia de los fantasmas?

¿Crees que un encuentro entre el escritor
y el fantasma ayudaría? ¿Qué tal si vamos
a cenar este sábado por la noche?

¿Sabes, Ignecio? Si tan sólo te tomaras la molestia
de conocer a un verdadero fantasma, te darías
cuenta de que no se pueden domar como a un delfín
o a un león de circo.

En fin. Sólo trato de ayudarte.

Oliva

P. D. Ah, y feliz Noche de las almas en pena.
Me disculpo de antemano si es que te despierto
al lanzar un par de fuegos artificiales desde
la azotea.

IGNECIO S. REZONGÓN

ESPECIALISTA EN MISTERIOS, EL CAOS Y LO MACABRO

PASEO DE LAS ÁNIMAS NO. 43, LÚGUBRE, TÉNEBRE   DOMICILIO TEMPORAL

Armando Esperanza
Tercer piso
Paseo de las Ánimas no. 43
Lúgubre, Ténebre

5 de julio
1:45 a.m.

Armando:

Eres un chico muy listo. De eso no me queda duda
alguna. Y te doy cierto crédito por tratar de alejarme
de esta casa con tus imitaciones de fantasmas.

Pero la mera noción de que leas la novela que estoy
escribiendo y te pongas a lanzar fuegos artificiales
desde la azotea TODA LA NOCHE MIENTRAS INTENTO
DORMIR ES ABSOLUTAMENTE INTOLERABLE.

Llamaré a la policía ahora mismo.

I. S. Rezongón

I. S. Rezongón

O.T.V.

Sábado 5 de julio
2:07 a.m.

Qué hombre más necio. En esta casa no
hay teléfono. Fue tu decisión, ¿lo recuerdas?

Ahora sé un buen chico y ven a cenar
con nosotros esta noche. A las 8 en punto.
Prepararé pollo al pimentón, si es que puedo
conseguir los ingredientes y la receta.

Desde la cúpula,

Oliva

⇒ EL INFORMADOR LÚGUBRE ⇐

Sábado 5 de julio
Ale Goría, editora

"Sus secretos son asunto nuestro"

50 centavos

⚙ Edición vespertina

Los libros regresan a la Biblioteca,
pero ahora, pollo y pimentón desaparecen en una extraña ola de crimen que azota a Lúgubre

La policía responde a los incidentes en la Tienda de Abarrotes Lúgubre y en la casa de Fata Lidad.

El día de hoy, a primera hora, el bibliotecario O. Xiso encontró los 12 volúmenes de la serie Domador de Espectros en su escritorio en la Biblioteca Pública de Lúgubre.

"Pero ahora desapareció nuestro único recetario de comida húngara", declaró. "Desearía que, quienquiera que esté sacando clandestinamente libros de la biblioteca simplemente sacara una credencial. Me ahorraría múltiples confusiones". O. Xiso se rehusó a especular sobre la posibilidad de que la extracción ilegal de libros esté relacionada con la persistente leyenda de que el fantasma de Oliva T. Vela visita la Biblioteca Pública de Lúgubre con regularidad. Durante décadas, los miembros de la biblioteca han reportado ver páginas que se arrancan de los libros por sí mismas.

Mientras tanto, en la Tienda de Abarrotes Lúgubre, Mónica La Vera está sumamente desconcertada por la desaparición de todo el pimentón de su tienda. "Ayer tenía seis frascos", declaró. "Hoy no tengo ninguno."

Y del otro lado de la ciudad, Fata Lidad ha reportado que tres pechugas de pollo desaparecieron de su refrigerador. "Podría jurar que ayer estaban ahí", dijo Fata Lidad. "Apenas ayer las compré. Iba a asarlas esta noche para la cena." La policía interrogó a todos los habitantes de la casa. Nadie, ni siquiera el perro Mort, se comió el pollo.

El nuevo libro de Rezongón: casi terminado
¡Atención, admiradores de Ignecio S. Rezongón!

Al fin terminó la larga espera. El primer libro que Rezongón escribe en 20 años será publicado este año. Así lo confirma Betsy Seller, editora de Publicaciones Betsy Seller en la ciudad de Necrópolis. "El abogado del Sr. Rezongón me ha prometido que Ignecio terminará el nuevo libro para el 1º de agosto", dijo en una entrevista vía telefónica con *El Informador Lúgubre*. "Eso significa que tendremos el décimo tercer volumen de la serie Domador de Espectros en librerías y bibliotecas para el Día de Muertos." Cuando le pedimos que describiera la trama del libro, Seller dijo: "Todo lo que puedo decirles es que es un misterio, incluso para mí. No he visto una sola palabra. Francamente, tenía mis dudas de que el viejo gruñón tuviera la capacidad de escribir otro libro. Pero no publique lo que acabo de decir, ¿está bien?". (Lo siento, Betsy. ¡Tus secretos son asunto nuestro!)

Rezongón continúa rehusándose a ser entrevistado por *El Informador Lúgubre*, pero lo seguiremos intentando.

La mala suerte persigue a los Esperanza en su ciclo de conferencias en Europa

De acuerdo a Anita de la Renta, agente inmobiliario, Des y Yanila Esperanza han tenido muy mala suerte en su ciclo de conferencias en Europa.

Los Esperanza, profesores de lo paranormal, planeaban pasar el verano impartiendo conferencias en Europa acerca de su más reciente investigación sobre la absoluta imposibilidad de la existencia de los fantasmas. Pero el ciclo de conferencias ha sido frustrado por una serie de extraños incidentes, incluyendo apagones, llantas ponchadas de autos rentados e intoxicación por alimentos.

"Los Esperanza se han visto obligados a cancelar todas sus conferencias y a reembolsar sus honorarios", dijo de la Renta, quien habló ayer por teléfono con la profesora Yanila. Des padece laringitis aguda. "Debido a este contratiempo", continuó de la Renta, "los Esperanza han decidido reducir el precio de su hogar en Paseo de las Ánimas no. 43. Son vendedores muy entusiastas, lo cual es buena noticia para quien desee adquirir una casa con tanta… bueno, pues, eh… con tanta historia."

Los profesores Des y Yanila Esperanza reducen precio de la Mansión Vela.

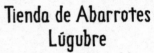

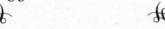

IGNECIO S. REZONGÓN

ESPECIALISTA EN MISTERIOS, EL CAOS Y LO MACABRO

PASEO DE LAS ÁNIMAS NO. 43, LÚGUBRE, TÉNEBRE   **DOMICILIO TEMPORAL**

O. Cielos
Abogado
Sepelio no. 4
Velatorio luctuoso, Descansempás

6 de julio

Cielos:

Creo que estoy perdiendo la cabeza. Déjame explicar.

Hace dos noches, Armando (mi compañero de casa) deslizó una carta por debajo de mi puerta, invitándome a cenar. La carta fue supuestamente escrita por "Oliva", el fantasma que este niño ha inventado para tratar de ahuyentarme —a mí y a todo el mundo— de esta casa.

Bueno, no pensé mucho en la invitación hasta ayer a las seis de la tarde, cuando los aromas más apetecibles comenzaron a llenar la casa. Me ganó la curiosidad, así que bajé cojeando con mis muletas al comedor, donde encontré una tentadora cena esperándome.

Armando ya estaba sentado a la mesa junto con su gato, Sombra. Pero había dos lugares más: uno en cada extremo de la mesa. Me senté en la cabecera (¿por qué no?), y comencé a comer el pollo al pimentón que había en mi plato.

Decir que es el mejor platillo que he disfrutado desde que llegué a Lúgubre sería quedarse corto. Es más, ¡es el mejor platillo que he probado en años! Y, como bien sabes, suelo frecuentar los mejores restaurantes.

Cuando le pregunté al chico dónde había aprendido a preparar platillos *gourmet*, se rio y negó con la cabeza. "Yo no lo preparé", susurró, señalando la silla vacía al otro extremo de la mesa. "Ella lo hizo."

Y entonces las cosas empezaron a ponerse interesantes. El niño consiguió que, de alguna manera, el tenedor se elevara y descendiera al plato. ¿Lo mejor? El tenedor realmente recogía comida y se elevaba unos 30 centímetros. ¡Y entonces la comida desaparecía en el aire, como si una boca invisible se la hubiera comido!

Es un truquito muy ingenioso, ¿no lo crees? Y me obliga a reconsiderar la opinión que tenía de este niño. Es decir, en serio, Cielos. ¿Cómo diablos lo hizo?

Se lo pregunté varias veces, pero sólo se reía
y apuntaba hacia la silla vacía diciendo:
"No me preguntes a mí. ¡Pregúntale a ella!".

En fin. Usaré el truco en alguna parte de mi libro,
en el que pienso trabajar mañana tras haber reprendido
gentilmente a mi vecino. Este mocoso incorregible está
aporreando el piano de nuevo.

I. S. Rezongón

I. S. Rezongón

IGNECIO S. REZONGÓN

ESPECIALISTA EN MISTERIOS, EL CAOS Y LO MACABRO

PASEO DE LAS ÁNIMAS NO. 43, LÚGUBRE, TÉNEBRE · DOMICILIO TEMPORAL

Armando Esperanza
Tercer piso
Paseo de las Ánimas no. 43
Lúgubre, Ténebre

7 de julio

Armando:

El ruido que produces cuando golpeas las teclas del
piano impidió que pudiera trabajar anoche en mi libro.
Es muy molesto tener este tipo de rui...

Armando ya te ha informado que no sabe tocar el piano.

¿Lo ves? Esto es a lo que me refiero. No tengo idea de
cómo obtienes acceso a mi computadora y añades líneas
de texto, pero yo...

Es fácil.

De acuerdo. Tú ganas. Dime qué debo hacer para
que me dejes en paz.

Quiero charlar contigo. Acerca de nuestro libro.

¿*Nuestro* libro? ¿Y desde cuando *estamos* escribiendo un libro?

86

Desde que decidí ayudarte. Dada tu amargada
actitud, no iba a hacerlo. Pero he descubierto
que me das un poco de lástima, Necho.

Espera un endemoniado minuto. Nadie me dice
Necho excepto...

Tu ex prometida, Nadia. ¿Cuál es el problema,
Necho? ¿Te comió la lengua el ratón?

¿Cómo sabes que Nadia me decía Necho?

Porque soy un fantasma, pesado insufrible.
Y porque leí tu diario.

¿Tú hi... hiciste... qu... QUÉ?

Leí tu diario. Y deja de tartamudear. Soy tan vieja
como el polvo. Nada me sorprende. ¿Quieres que
te diga más?

Adelante. Despertaste mi curiosidad.

Está bien. Sé que te dan miedo las alturas.
Que odias los pimientos verdes y el hígado. Sé que
tu pieza musical favorita es la Séptima Sinfonía
de Beethoven. Sé que sólo te has enamorado una vez
—de Nadia— y que ella te rompió el corazón cuando
se rehusó a casarse contigo.

¡Ella no tiene nada que ver en esto! Eso fue hace más de 20 años y, además...

No me interrumpas. Gastaste todo tu dinero en Nadia —flores, pieles, diamantes, costosos viajes a París, Milán, Fiji...

No olvides al gato.

¿Tenía un gato?

¿No lo tienen todas? Era un siamés con cierta debilidad por el caviar y los collares de diamantes con esmeraldas. Ese estúpido gato me costó una fortuna. Pero eso no importa. ¿Cómo te enteraste de Nadia? Ni siquiera O. Cielos sabe en qué me gasté todo mi dinero.

Desde luego que no lo sabe. Él no es un fantasma. ¿Puedo continuar?

No estoy seguro de poder evitarlo.

Después de que Nadia te dejó, te sentiste avergonzado de haber perdido tu corazón —y tu fortuna— a causa de una mujer.

No olvides al gato. Todavía estoy pagando ese condenado collar.

Guarda silencio. Después de que Nadia te dejó,
creíste que lo único que podías hacer era ocultar
tus sentimientos. Pero mírate, Necho. Estás más
muerto que yo. Por eso no has podido escribir
un libro en 20 años.

Quienquiera que seas, quiero que te detengas.

Soy Oliva T. Vela. Y esa brisa ligera que acaba
de recorrer la habitación fue la estela de mi suspiro.
¿Por qué te resulta tan difícil creer en mí?

No creo en nada ni en nadie.

Lo sé, Necho. Pero el cinismo pasa de moda.
Además, es aburrido. ¿Creerías en los fantasmas
si me presentara formalmente?

¿Qué quieres decir?

Quiero decir que deberíamos tener una cita.
No has salido en años, Necho.

¿Quieres tener una cita conmigo?

¿Por qué no? Armando puede ser nuestro chaperón.

Lo sabía. Eres Armando, ¿verdad? ¡Mocoso impertinente!

NO SOY ARMANDO. Él está podando el pasto del jardín de la señora d'Parto. Si no me crees, mira por la ventana. Anda, levántate de esa silla y asómate. ¿Lo ves? Ahora salúdalo, Necho. Dije QUE LO SALUDES. Gracias.

¿Cómo estás haciendo esto? ¡Hey! ¡¡¡Detente!!! Alguien me está haciendo cosquillas. ¡¡¡DETENTE!!! ¡¡¡POR4FAVOR D3JA D3 HAC·3 RM COSQUILLAS!!!

¿Sigues creyendo que soy Armando?

¡Deja de hacerme cosquillas! ¿¿¿POR FAVOR&*??? Está bien. ¡Está bien! ¡No eres Armando!

Gracias. Ahora me detendré. No tienes idea de lo que ha sufrido ese niño.

¿Quién? ¿Armando?

Encontré la patética nota que sus padres le dejaron mientras dormía. En ella le decían que no estaban "hechos" para ser sus padres. Que no podían tolerar que estuviera contando esos "tontos cuentos de fantasmas" durante su ciclo de conferencias. Y entonces las despreciables ratas salieron a hurtadillas de la casa y huyeron a Europa. ¿Puedes creerlo? Sólo porque no podían verme, asumieron que Armando mentía sobre la maravillosa amistad que establecimos hace años, cuando él apenas era un bebé.

No tenía idea.

¡Desde luego que no! Estabas muy ocupado pensando en ti mismo. Crees que eres la única persona que ha sido rechazada. Bueno, Necho, déjame decirte algo. Mis libros fueron rechazados por todas las editoriales habidas y por haber. Así que sé un par de cosas acerca del rechazo. Pero ninguno de nosotros ha tenido que enfrentar la clase de rechazo que Armando ha padecido. ¿Sabías que sus padres no tienen intención alguna de recogerlo al terminar el verano?

¿Qué?

¿Recuerdas el contrato? "Quienquiera que rente esta propiedad cuidará de Armando y de su gato, Sombra, mientras dure el contrato de alquiler, y los regresará en buen estado de salud a Des y Yanila Esperanza si ellos así lo solicitan."

No te preocupes. Tengo toda la intención de devolver tanto al niño como al gato al terminar el verano.

Pero no te van a pedir que lo hagas. ¿Estás poniendo atención? Des y Yanila Esperanza van a dejar a Armando y a Sombra contigo.

¿Por cuánto tiempo?

Quién sabe. Supongo que mientras puedan salirse
con la suya. Los escuché discutir el plan antes
de que partieran. Dijeron que Armando sólo
los avergonzaría a ellos y a sus largos años de
investigación académica. Sólo imagínalo, ¿quieres?

No puedo.

Desde luego que no puedes, viejo pretencioso.
Es impensable. Pero puedes tener la seguridad de
que Des y Yanila Esperanza están pasando un rato
de lo más desagradable en su ciclo de conferencias
en Europa.

¿Cómo lo sabes?

Bueno, digamos que tengo amigos por allá
que me deben algunos favores.

Estoy riendo.

Lo sé, querido. Estoy a tu lado.

¿Ésta es nuestra cita?

Cielos, no. Estoy en bata. Tendremos nuestra cita
el próximo sábado por la noche.

Muy bien. ¿En dónde?

Nos veremos en mi tumba.

Estás bromeando, ¿verdad?

Yo nunca bromeo, Necho. Al menos no en lo que se
refiere a mis citas. Te espero a las 8 en punto en el
cementerio. Prepararé la cena y te traeré un regalo.

Y yo, ¿qué debo llevar?

Flores, tonto. Y ganas de creer. Por ahora
es suficiente. Hasta entonces.

¡Espera!

¿Qué?

¿Armando realmente puede verte?

Claro que puede hacerlo, pero sólo cuando
me permito ser vista. ¿Te estás preguntando
por qué tú no puedes verme?

Sí.

Porque no crees en mí. Todavía. Adiós por ahora.
Tengo que prepararme para la noche del sábado.
¡No he tenido una cita en 109 años!

O. T. V.

Martes 8 de julio

Querido Armando:

¿Estarías dispuesto a ser mi chaperón en
mi cita con el señor Rezongón este sábado
por la noche?

Con cariño,

Oliva

9 de julio

Oliva:

¿Ahora resulta que tienes una cita con el señor
Rezongón?

¿¿¿¿Por qué????

Armando

O. T. V.

Jueves 10 de julio

Querido Armando:

Porque necesita una amiga. Y porque aún me
siento un poquito culpable por el incidente
del candelabro.

Estoy planeando un picnic este sábado
por la noche. Nos vemos a las 8 en punto
en mi tumba. Y trae tu cuaderno, querido.
Quiero un dibujo de recuerdo de mi primera
cita con Ignecio —aunque mi imagen no pueda
ser plasmada en papel.

Con cariño,

Oliva

Éste es el señor Rezongón admirando la tumba de Oliva.

Éste es el señor Rezongón leyendo el manuscrito de Oliva.

Éstos son el señor Rezongón y Oliva.

IGNECIO S. REZONGÓN

ESPECIALISTA EN MISTERIOS, EL CAOS Y LO MACABRO

O. Cielos
Abogado
Sepelio no. 4
Velatorio luctuoso, Descansempás

13 de julio
2:30 a.m.

Cielos:

Ha sucedido la cosa más extraordinaria del mundo.
¡No lo vas a creer! Estuve toda la noche leyendo un libro.
¡Mi libro! Bueno, en realidad es el libro de Oliva, pero
está basado en ella y en mí y en...

Permíteme respirar profundamente y comenzar
de nuevo.

Vivo en una casa con un niño y un fantasma.
¡Sí, un verdadero fantasma! Su nombre es Oliva T.
Vela. Construyó esta casa para escribir sus libros, pero
nunca pudo encontrar una casa editorial que quisiera
publicarlos —hasta ahora. ¡Hemos acordado escribir
un libro juntos!

Dile que fue mi idea.

¡Por supuesto! Lo siento, Oliva. Cielos, en realidad,
fue su idea. Oliva ha tomado lo poco que había escrito
del próximo libro sobre el Domador de Espectros y le
ha infundido vida. Ella cree que debemos deshacernos
de Bartolomé Pardo y usarnos a mí, a Oliva y a
Armando en su lugar. ¿No es absolutamente brillante,
Cielos? Ya escribió 100 cuartillas, y anoche me permitió
leerlas frente a su tumba.

Dile que no te dejé guardar el manuscrito.

¡No me dejó! Justo cuando terminaba de leer, una furiosa
ráfaga se viento atravesó el cementerio y se llevó todas
las hojas.

Cuéntale de Armando.

¡Claro! El chico va a ilustrar nuestro libro. Es un
dibujante fantástico. Aún nos falta un largo camino
por recorrer, pero será grandioso. No había estado tan
emocionado por un proyecto en años. ¡Tal vez nunca!
En fin, Cielos, sólo quería hacerte saber que estoy
trabajando con otra autora. No estoy seguro de cuál
nombre irá primero.

¿Disculpa?

Oliva, si quieres que tu nombre aparezca por encima del mío, está bien. No importa. Sólo pensé que, como soy muy popular entre mis seguidores, pues... Pero descuida. ¡Desde luego que tu nombre puede aparecer arriba del mío! Cielos, necesito un respiro. Debo ir a la cama ahora. Mañana me despertaré, desayunaré modestamente y empezaré a escribir lo que será ¡el mejor libro que haya escrito!

Coescrito.

¡Ja! Desde luego. ¡Coescrito! Oliva ya lo tiene todo resuelto. Mi trabajo será simplemente escribir su historia de la mejor manera posible. ¡Nunca había estado tan entusiasmado en mi vida! Olvida dormir. Voy a empezar a escribir ahora mismo.

Entusiasmadamente tuyo,

I. S. Rezongón

I. S. Rezongón

P. D. ¿Podrías hacerme un favor, Cielos? ¿Le enviarías una nota a Betsy Seller para darle la noticia? ¡Estará encantada de saber que tiene un futuro *best seller* en sus manos!

O. CIELOS

ABOGADO

SEPELIO NO. 4, VELATORIO LUCTUOSO, DESCANSEMPÁS

Srita. Betsy Seller
Publicaciones Betsy Seller
Calle 53 no. 20, Necrópolis, RIP

18 de julio

Querida señorita Seller:

Le debo una disculpa. Durante meses, usted ha
estado hablando a mi oficina, preguntando cómo iba
Ignecio con el siguiente volumen de la serie Domador
de Espectros. Y, durante meses, he respondido
que Ignecio estaba añadiéndole los toques finales
y que tendría el libro listo el 1º de agosto.

La triste verdad es que Ignecio ni siquiera ha
empezado. Mi cliente ha estado batallando con
un terrible bloqueo creativo durante años. Él nunca
lo admitiría, desde luego, pero todos sabíamos
que estaba por los suelos.

Esperábamos que rentar una casa en el tranquilo
pueblo de Lúgubre le daría un empujón
a la creatividad de Ignecio. Desgraciadamente,
parece haber surtido el efecto contrario.

Partiendo de una carta que acabo de recibir, temo que Ignecio ha perdido la razón. La carta, escrita a las 2:30 de la madrugada, indica que Ignecio:

1) Está convencido de que un fantasma vive con él;
2) cree que sostiene conversaciones con dicho espectro y
3) planea escribir un libro en coautoría con ella, cuyo nombre es, por cierto, Oliva T. Vela.

Me doy cuenta, señorita Seller, de que esto es lo último que usted querría escuchar sobre Ignecio. Pero mi conciencia ya no me permite seguir encubriéndolo como lo he hecho hasta ahora.

Ignecio ha perdido la cabeza. Es todo lo que puedo decir.

Lamentablemente suyo,

O. Cielos

O. Cielos
Abogado

PUBLICACIONES BETSY SELLER
Calle 53 Oeste no. 20, Necrópolis, RIP
Betsy Seller - Editora

O. Cielos
Abogado
Sepelio no. 4
Velatorio luctuoso, Descansempás

21 de julio

Estimado Sr. Cielos:

Esto explica por qué las cartas que he estado enviando a Ignecio continúan regresando con la leyenda: DEVOLVER AL REMITENTE/EL OCUPANTE HA SALIDO DE VACACIONES.

Sí, ya sabía que Ignecio sufría un caso serio de bloqueo creativo. Incluso estaba al tanto de sus problemas financieros. Supuse que, si quedaba en bancarrota, al final tendría que escribir otra historia sobre el Domador de Espectros, quisiera hacerlo o no.

Como usted, estoy sumamente preocupada por la salud mental de Ignecio. Pero le ruego entienda las terribles consecuencias que tendría este asunto en nuestras relaciones públicas si la prensa llegara a enterarse.

Lo último que quiero es que los jóvenes lectores de todo el país descubran que su autor favorito está más loco que una cabra en primavera.

Afortunadamente, cuento con los servicios de un investigador privado para estas situaciones. Su nombre es A. Rosco Navas. Lo enviaré de inmediato a Lúgubre para que inicie las averiguaciones. Sugiero que mantengamos este asunto entre nosotros hasta no tener mayores detalles acerca de la condición de Ignecio.

Confidencialmente suya,

B. Seller

Betsy Seller

P. D. El nombre de Oliva T. Vela me parece conocido. ¿No es la mujer que aparece en el *Libro Guinness de los récords* por haber recibido la mayor cantidad de cartas de rechazo por parte de distintas editoriales en toda la historia? Si bien recuerdo, escribió varias novelas de un género llamado misterios gráficos epistolares, o alguna otra tontería invendible.

EL INFORMADOR LÚGUBRE

Viernes 25 de julio   *"Sus secretos son asunto nuestro"*   50 centavos

Ale Goría, editora   ✵ Edición vespertina

¡Rezongón concede entrevista!
El famoso autor habla de la vida, los libros y su reciente victoria sobre el bloqueo creativo

Para celebrar lo que llamó "el mayor triunfo de su vida", el autor de libros para niños Ignecio S. Rezongón concedió el día de ayer una insólita entrevista a *El Informador Lúgubre*.

"Soy un hombre nuevo", proclamó Rezongón, de 64 años, quien está veraneando en Lúgubre.

En estos últimos años, Rezongón, autor de 12 libros de la serie Domador de Espectros, se había vuelto famoso por lo que *no* estaba escribiendo.

"Tenía un bloqueo creativo tremendo que yo mismo me provoqué", reconoció Rezongón. "Me sentía miserable y hacía que todos a mi alrededor se sintieran miserables. Es imposible escribir cuando eres egoísta y gruñón."

¿Qué lo hizo cambiar de humor?

"Es el nuevo libro que estoy escribiendo", dijo alegremente Rezongón. "¡Es una obra inspirada! Es brillante. ¡Por fin he descubierto lo que es el verdadero arte! ¡Éste

Ignecio Rezongón se sincera
en insólita entrevista.

será el mejor libro de mi carrera!". Y entonces Rezongón hizo una marometa, diciendo: "¡Me siento 20 años más joven!".

¡Bienvenido, A. Rosco Navas!

Lúgubre le da la bienvenida al Sr. A. Rosco Navas, quien pasará unos días en nuestra lúgubre ciudad.

"Es un viaje de trabajo", dijo Navas. "Súper secreto. Estoy investigando el estado mental de Ignecio S. Rezongón. Espere, eso no lo van a publicar en el periódico, ¿verdad?".

¡Claro que sí!

(Ni modo, Rosco. ¡Tus secretos son asunto nuestro!)

A. Rosco Navas en su llegada a Lúgubre.

Aún no hay comprador para la Mansión Vela
Se habla de demolerla

Si Des y Yanila Esperanza no encuentran comprador para la Mansión Vela, quizá tengan que demoler la casa de 13 habitaciones y vender la propiedad como terreno.

"Claro que los vendedores preferirían venderle esta encantadora mansión a alguien que sepa apreciar la… eh… historia de la casa", dijo la corredora de bienes raíces Anita de la Renta. "Pero es un asunto complicado, como lo sabe todo Lúgubre. Demolerla es una opción".

Hasta ahora, la única persona que ha expresado interés en comprar la propiedad es Armando Esperanza, hijo de los profesores Des y Yanila Esperanza.

"Ay qué lindo, ¿verdad?", dijo de la Renta. "Pero dudo mucho que un niño de 11 años pueda pagar una casa con lo que gana repartiendo periódicos."

La Mansión Vela, ubicada en Paseo de las Ánimas no. 43, alguna vez fue considerada un atractivo turístico. Diseñada y construida en 1874 por Oliva T. Vela como un lugar para escribir, la casa victoriana de tres pisos se ha deteriorado, lo cual llevó a sus actuales propietarios a concluir que

Si no hay comprador, la Mansión Vela podría ser demolida.

quizá sea más fácil vender la propiedad sin la casa.

Los profesores Des y Yanila Esperanza no pudieron ser localizados para dar un comentario. La pareja se encuentra en Europa, en una gira de conferencias para promover los resultados de un proyecto de investigación de 12 años, con el que esperan demostrar definitivamente que los fantasmas no existen.

A. Rosco Navas
DETECTIVE

PARA: Betsy Seller
ASUNTO: Estado mental de I. S. Rezongón
FECHA: 27 de julio

REPORTE # 1

Aquí Navas.

Aún no hay mucho que reportar. Me di una vuelta por Paseo de las Ánimas no. 43. Vaya pocilga. Imagínese tres pisos de madera podrida y pintura pelada, con un porche alrededor que se está desprendiendo de la casa, como si ésta le diera miedo. Para rematar, añada una cúpula escalofriante y ya tenemos dónde celebrar el Día de Brujas.

La casa se encuentra al final de un largo camino de terracería, flanqueado por robles antiguos. A espaldas de la casa hay un cementerio. Lo único que separa el jardín trasero del panteón es una fila de manzanos pelones. Está demasiado cerca para mi gusto. Ah sí, también hay un estanque del lado oeste de la propiedad, donde chapotean unos cuantos patos.

Vi a Rezongón. Paseaba por el cementerio. No sabía que se había puesto tan viejo y gordinflón. El niño que vive con él estaba a unas cuantas casas, podando el pasto de algún vecino.

Las ventanas de la Mansión Vela estaban abiertas. Me pareció oír que dentro se azotaban las puertas. Debió haber sido el viento.

Más en mi siguiente reporte.

A. R. N.

A. Rosco Navas

P. D. Noticia de último minuto: Rezongón acaba de regresar a la casa. Puedo verlo con mis binoculares. Se está sentando frente a su computadora.

Volumen no. 13
de la serie Domador de Espectros

Misterio en Paseo de las Ánimas:
¡Un nuevo inicio!

CAPÍTULO UNO

En un principio, el famoso escritor se mostraba incrédulo.

"¿Dónde se ha visto que un fantasma quiera colaborar en un libro con un famoso escritor como yo?", pensó, mientras admiraba su apuesta imagen en el espejo.

Pero era cierto. El viejo fantasma que ocupaba la polvorienta casona que había rentado para pasar el verano le había dejado perfectamente claro que quería ayudar al famoso autor a escribir su siguiente libro.

Ah, ¿conque yo soy un "viejo" fantasma en una casona "polvorienta" mientras que TÚ eres el famoso autor que admira su "apuesta" imagen?

Sólo quise decir que...

¿Y sólo te quiero "ayudar"?

Oliva, apenas es el primer borrador.

Ni creas que no me di cuenta de que no mencionaste mi nombre en tu entrevista con *El Informador Lúgubre*.

No quería que la gente pensara q...

Olvídalo. Renuncio.

IGNECIO S. REZONGÓN

ESPECIALISTA EN MISTERIOS, EL CAOS Y LO MACABRO

PASEO DE LAS ÁNIMAS NO. 43, LÚGUBRE, TÉNEBRE   DOMICILIO TEMPORAL

Oliva Vela
La cúpula
Paseo de las Ánimas no. 43
Lúgubre, Ténebre

                                                          27 de julio

Oliva:

¿Estás ahí?

Por favor, regresa para que podamos seguir escribiendo.

Apesadumbradamente,

Ignecio

Ignecio

Oliva Vela
La cúpula
Paseo de las Ánimas no. 43
Lúgubre, Ténebre

28 de julio

Oliva:

Perdóname. A veces puedo ser un zoquete insensible.

Tú no eres vieja y yo definitivamente no soy apuesto.

Y no estás ayudándome. Estás guiándome,
inspirándome.

Arrepentidamente,

Ignecio

Ignecio

IGNECIO S. REZONGÓN

ESPECIALISTA EN MISTERIOS, EL CAOS Y LO MACABRO

PASEO DE LAS ÁNIMAS NO. 43, LÚGUBRE, TÉNEBRE   DOMICILIO TEMPORAL

Oliva Vela
La cúpula
Paseo de las Ánimas no. 43
Lúgubre, Ténebre

29 de julio

Oliva:

¿Puedes oírme? ¿Puedes leer esto? ¿Estás en casa?
¿Estás aquí, en la habitación?

Por favor, di algo. Lo que sea.

Suplicantemente,

Ignecio

Ignecio

P. D. ¿Podrías, cuando menos, azotar una puerta o dos
para saber si aún estás aquí? ¿O tocar algo en el piano?

Armando Esperanza
Tercer piso
Paseo de las Ánimas no. 43
Lúgubre, Ténebre

30 de julio

Armando:

¿Sabes dónde está Oliva? Mucho me temo que
la hice enojar.

¿Qué debo hacer?

Desesperadamente,

I. S. Rezongón

Ignecio S. Rezongón

31 de julio

Sr. Rezongón:

No he visto a Oliva desde su cita en el cementerio.

Lo siento.

Armando Esperanza

P. D. ¡Diablos! Eso significa que tendremos que preparar la cena nosotros mismos. Si usted cocina hoy, yo lo haré mañana.

IGNECIO S. REZONGÓN

ESPECIALISTA EN MISTERIOS, EL CAOS Y LO MACABRO

PASEO DE LAS ÁNIMAS NO. 43, LÚGUBRE, TÉNEBRE   DOMICILIO TEMPORAL

Armando Esperanza
Tercer piso
Paseo de las Ánimas no. 43
Lúgubre, Ténebre

31 de julio

Armando:

Gracias por tu respuesta. Será un honor para mí hacer de cenar esta noche. ¿Y qué tal una partida de damas para después?

Y de ahora en adelante, puedes llamarme Ignecio.

Conciliadoramente,

Ignecio

Ignecio

P. D. Oliva, si estás leyendo esto, por favor acompáñanos a Armando y a mí a cenar.

PARA: Betsy Seller
ASUNTO: Estado mental de I. S. Rezongón
FECHA: 31 de julio

REPORTE # 2

Aquí Navas.

Son poco después de las nueve de la noche, y estoy estacionado enfrente de la Mansión Vela. Llevo aquí una hora, más o menos. Gracias a mis binoculares, puedo ver a Rezongón y al niño sentados en el comedor. Están cenando. Parecen sándwiches de queso gratinado.

Rezongón a cada rato se levanta y le da la vuelta a la mesa. Vaya que es un bicho raro. Se la pasa manoteando como loco mientras habla con las paredes y el techo. El niño sólo sigue comiendo. Veo un gato sentado en la mesa. Está lamiendo un plato. ¿Mencioné que la mesa está puesta para cuatro? A lo mejor estaban esperando a alguien. Pues si sí, nadie vino.

Pero algo raro está sucediendo: en el porche de enfrente hay un columpio que rechina. ¿Ya sabe de cuáles, de esos columpios a la antigüita que salen en las películas? Bueno, pues hoy no hace absolutamente nada de aire, pero el columpio se mueve hacia delante y hacia atrás, como si alguien se estuviera meciendo.

En fin. Un detalle sin importancia.

Más en mi siguiente reporte.

A. R. N.

A. Rosco Navas

Querida Oliva:

No sé dónde estás, pero quería saludarte.

Hace rato cené con el Sr. Rezongón. Es más buena gente de lo que creíamos. Hasta dejó que Sombra se subiera a la mesa y cenara con nosotros. Después jugamos damas y dejé que me ganara.

El Sr. Rezongón se la pasó hablando de ti toda la noche. Dijo que nunca había conocido a nadie que escribiera como tú.

Bueno, sólo quería decírtelo, si es que andas por aquí.

Armando

Éste es el Sr. Rezongón tratando de trabajar sin ti.

O.T.V.

Jueves 31 de julio

Querido Armando:

Hermoso dibujo, cariño. Muchas gracias. Y sí, aquí
estoy. Pero no se lo digas a Ignecio. Tenías razón,
¡es un hombre imposible! Debí haber dejado caer
TRES candelabros sobre su cabeza.

Me niego a trabajar con ese pelmazo insoportable
hasta que empiece a mostrar un poco de respeto a mí
y a mi casa. Y hablando de la casa, acabo de contar
tus ahorros del verano. No sé cómo piensas comprar
mi mansión con sólo $367.50. Sugiero que mañana
empieces a buscar más jardines que podar. Yo me
encargo de tu ruta de periódico.

Ah, y si te preguntas por qué no me puedes ver,
es porque en este momento traigo tubos en el pelo y
no quiero que nadie me vea. Ni siquiera tú, tesoro.
Puede que esté muerta, pero aún tengo mi orgullo.

Ahora ve a la cama. Ya es tarde.

Te quiere,

Oliva

120

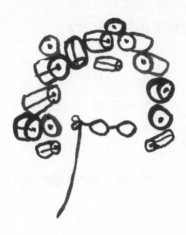

¡Gracias, Oliva!
Eres lo máximo.

¡Y puedo ver los tubos
en tu cabello!

Eres tú con tubos.

Claro que ves los tubos.
No puedo desaparecer
las cosas terrenales.
Y cuando dibujes
un fantasma, no debes
olvidar las sombras. Así:

¡Qué bien dibujas! Me gustaría poder hacerlo
tan bien como tú.

Ya aprenderás, con tiempo y práctica.
Pero basta por hoy. Ya es casi media noche.

Está bien. Hasta mañana, Oliva. Qué bueno que sigues
rondando la casa.

Juré hacerlo durante toda la eternidad o hasta
que se publique alguno de mis libros. Ahora
ve a dormir. Las manzanas del jardín ya están
maduras. Si trabajas duro esta semana, haré
tarta de manzana, siempre y cuando consiga
la receta.

No te vas a robar más libros de la biblioteca,
¿verdad?

Siempre devuelvo lo que tomo prestado.
(Bueno, casi siempre). Buenas noches, querido.

❧ EL INFORMADOR LÚGUBRE ☙

Viernes 1º de agosto   *«Sus secretos son asunto nuestro»*   50 centavos

Ale Goría, editora   ✿ Edición vespertina

Devuelven libro de cocina húngara, pero los tomos de tartas desaparecen

O. Xiso se disculpa por desastre en Biblioteca.

Esta mañana, un libro de cocina húngara fue devuelto misteriosamente a la Biblioteca Pública de Lúgubre.

"Yo estaba ocupado acomodando libros en los estantes", dijo el Sr. O. Xiso, bibliotecario. "Y cuando me di cuenta, ya tenía en las manos el libro de cocina húngara que había desaparecido. Pero luego empezaron a salir volando los libros del estante de postres."

O. Xiso dijo que siete libros dedicados al arte de hornear tartas desaparecieron de la Biblioteca.

"Se fueron volando solitos, como si...", empezó a decir Xiso. "Olvídenlo. No tengo ganas de hablar sobre eso."

Rezongón vuelve a rezongar

Parece que hablamos antes de tiempo.

El autor de libros para niños Ignacio S. Rezongón ha vuelto a sus rezongonas andanzas. Así lo demuestra su grosera actitud ante los admiradores que trataron de acompañarlo en su caminata ayer por la tarde.

"Yo sólo quería saludarlo y preguntarle si ya iba a terminar su libro nuevo", dijo Cal Akita, un joven admirador.

"Y yo sólo quería decirle que me encantan los libros del Domador de Espectros", dijo Campos Santo.

Pero Rezongón los mandó a volar, tanto a Akita como a Santo.

"Me dijo: 'No molestes'", comentó Akita.

"A mí me dijo: 'Déjame en paz... por favor'", dijo Santo. "Al menos ya dice 'por favor'".

De acuerdo con su editora, Rezongón tenía que haber terminado su nuevo libro para hoy. Su pésimo humor sugiere que quizá no cumplió con la fecha de entrega.

Admiradores de Rezongón, decepcionados de sus rezongos.

La Mansión Vela en riesgo de ser demolida

Al no encontrar comprador para su casa, Des y Yanila Esperanza han decidido demoler la Mansión Vela y venderla como terreno baldío.

"No fue una decisión fácil para los Esperanza", dijo Anita de la Renta, la corredora de bienes raíces de la pareja. "Pero se dieron cuenta de que podría ser más fácil vender un lote baldío que la vieja casona siniestra, que, seamos honestos, es la Mansión Vela".

De la Renta dijo que un equipo autorizado llegará a Lúgubre en unas cuantas semanas para preparar la demolición.

"Ignacio Rezongón tiene un contrato de renta hasta el 1º de septiembre", dijo de la Renta. "En cuanto se vaya, la casa será demolida."

De la Renta dijo que Des y Yanila Esperanza han decidido quedarse en Europa.

A la pregunta de qué pasará con Armando Esperanza cuando la casa sea demolida, de la Renta respondió: "Los papás del niño me dijeron que se lo van a enjaretar al Sr. Rezongón. Supongo que se vería muy mal que los acompañara en su gira de conferencias cuando el chico se la pasa hablando de su mejor amiga, la fantasma.

La Mansión Vela podría ser demolida.

Y Rezongón autorizó que su abogado firmara un contrato en el que acepta regresar a Armando a sus papás, si ellos se lo piden. ¿Y si ya no lo quieren? Pues Rezongón va a tener que cargar con el chico y su gato. Pero los profesores Des y Yanila Esperanza no quieren que nadie conozca sus planes. Así que no publiquen nada de esto en el periódico, ¿ok?".

(¡Ni modo, Anita! Tus secretos son… bueno, ya sabes.)

¡Bienvenida, Anita!

Anita de la Renta en su llegada a Lúgubre.

Lúgubre le da la bienvenida a la Srita. Anita de la Renta.

De la Renta es dueña de Propiedades Propias, una agencia de bienes raíces especializada en casas y departamentos únicos.

Durante su estancia en nuestra ciudad, Anita se hospedará en el Hotel Lúgubre.

¡Bienvenida a Lúgubre, Anita!

A. Rosco Navas
DETECTIVE

PARA: Betsy Seller
ASUNTO: Estado mental de I. S. Rezongón
FECHA: 2 de agosto

REPORTE # 3

Aquí Navas.

Son las cuatro de la tarde y estoy reportando desde
la rama de un manzano afuera de la Mansión Vela.
Veo a Rezongón con mis binoculares. Está sentado
frente a su computadora, hablando con la pantalla
en blanco. Pobre diablo. Lo que sea que le haya
pasado, le pegó duro. Si se tratara de cualquier
otro tipo, diría que es un asunto de mujeres. Pero
llevo observando a Rezongón una semana, y puedo
confirmar que un tipo como ése no puede gustarle
a ninguna mujer en este mundo.

Ahora se puso de pie y está mirando por la ventana
hacia acá, hacia el cementerio. Sus labios se mueven
como si estuviera hablando con alguien. Ahora está
señalando el manzano de al lado. Abajo hay una
canasta. ¿Qué demonios...? Una manzana acaba
de caer justo dentro de la canasta. ¡Ahí va otra!
¡Y dos más! Es como si alguien estuviera cortando
manzanas y echándolas en la canasta. Pero no hay nadie.

¡Un momento! Ahora la canasta está flotando hacia la casa.

Estoy en mi coche. No estoy seguro de qué fue todo ese asunto de las manzanas.

Estoy estacionado frente a la casa. El chico está calle abajo, podando algún jardín. Normalmente reparte periódicos a esta hora, pero... Ay, Dios. Un periódico acaba de salir volando hasta el porche de la Mansión Vela. Lo mismo acaba de suceder en la casa de al lado. ¡Y también en la que sigue! Periódicos voladores se están repartiendo solos por la calle. ¿Qué rayos pasa?

Me largo de aquí. Consígase a otro detective que cubra este circo de locos.

A. R. N.

A. Rosco Navas

PUBLICACIONES BETSY SELLER

Calle 53 Oeste no. 20, Necrópolis, RIP

Betsy Seller - Editora

Lic. O. Cielos
Abogado
Sepelio no. 4
Velatorio luctuoso, Descansempás

4 de agosto

Estimado Lic. Cielos:

Le escribo para notificarle que he decidido dar por terminada mi relación profesional con su cliente, Ignecio Rezongón debido a:

1. su frágil estado mental, y
2. su incapacidad para terminar el siguiente libro de la serie Domador de Espectros.

Legalmente, tengo derecho de pedirle a Rezongón que devuelva el anticipo de $100 000 que le pagamos por el libro que nunca escribió, pero no lo voy a hacer.

¿Por qué? Porque quiero que este asunto se maneje con la mayor descreción posible... y también porque sé que Ignecio se gastó el dinero. Lo daré por perdido.

¿Sería tan amable de comunicar a Ignecio mi decisión?

B. Seller

Betsy Seller

O. CIELOS

ABOGADO

SEPELIO NO. 4, VELATORIO LUCTUOSO, DESCANSEMPÁS

Srita. Betsy Seller
Publicaciones Betsy Seller
Calle Oeste 53 # 20
Necrópolis, RIP

7 de agosto

Estimada Srita. Seller:

Su oferta de perdonar el adelanto de $100 000 pesos es sumamente generosa. Se lo haré saber a Ignecio.

Elaboraré también un contrato de terminación y lo firmaré a nombre de mi cliente. Yo me ocupo de todos estos trámites.

Estoy seguro de que Ignecio estará decepcionado de saber que su carrera literaria ha terminado. Pero sospecho que, por otro lado, será un alivio para él. Ignecio no ha escrito nada que valga la pena leer en 20 años. Es momento de que deje de intentarlo.

Atentamente,

O. Cielos

O. Cielos

ACUERDO PARA DAR POR TERMINADO EL CONTRATO ENTRE

PUBLICACIONES BETSY SELLER

E

IGNECIO S. REZONGÓN

El presente acuerdo da por terminada
la relación profesional entre
Publicaciones Betsy Seller e Ignecio S. Rezongón.

De ahora en adelante, todo aquello que Rezongón escriba
y/o trate de escribir,
y/o diga que está escribiendo,
y/o escriba en el futuro remoto
es asunto suyo.

Publicaciones Betsy Seller no tiene el menor interés
en la obra de Rezongón
ni hoy, ni mañana, ni nunca.

B. Seller   *O. Cielos*

Betsy Seller

Rep. legal de Pub. Betsy Seller

O. Cielos

Rep. legal de Ignecio S. Rezongón

O. CIELOS

ABOGADO

SEPELIO NO. 4, VELATORIO LUCTUOSO, DESCANSEMPÁS

Ignecio S. Rezongón
Paseo de las Ánimas no. 43
Lúgubre, Ténebre

8 de agosto

Querido Ignecio:

No hay manera fácil de decir esto, así que seré
directo: Betsy Seller te ha mandado a volar.

La buena noticia es que la Srita. Seller dice que
no espera que le devuelvas el anticipo. (Por suerte
para ti, tomando en cuenta que te gastaste hasta
el último centavo.) Sencillamente dará por perdidos
los $100 000 pesos en un mal negocio.

Yo también daré por perdido el dinero que
me debes. Pero, al hacerlo, debo poner fin
a nuestra relación profesional. No es justo con
mis otros clientes, que sí pagan mis servicios.
Espero que lo entiendas.

Cuídate, Ignecio.

Hasta luego.

O. Cielos

O. Cielos

P. D. Tu casero en Osario me llamó ayer. Dice
que debes seis meses de renta. Ya encontró otro
inquilino para el departamento 3-C. Lo siento,
Ignecio, pero al terminar este verano tendrás
que encontrar otro lugar donde vivir.

O. Cielos
Abogado
Sepelio no. 4
Velatorio luctuoso, Descansempás

11 de agosto

Cielos:

Aunque no lo creas, lo entiendo perfectamente. No te culpo a ti ni a Betsy Seller en lo más mínimo. Su único error fue esperar tanto tiempo para hacerlo.

Terminantemente,

Ignecio

Ignecio

El hombre era viejo y achacoso. Y calvo. Y estaba pasado de peso. Era un fracaso absoluto.

En alguna época de su vida, fue un escritor medianamente decente. Pero eso había sido hace mucho tiempo. Ahora no podía escribir ni en defensa propia. A menudo se preguntaba por qué. Y entre más se lo preguntaba, menos podía escribir. Estaba atorado.

Entonces el escritor conoció a una mujer. Y ella le explicó cuál era su problema: el egoísmo.

El hombre supo que ella tenía razón. Su incapacidad de preocuparse por nadie más que por sí mismo lo había convertido en un pésimo escritor y en un hombre miserable.

Darse cuenta de esto fue doloroso, pero de un modo extraño, también se sentía bien, porque de pronto se dio cuenta de que ahora le importaba la mujer que le había dicho todas sus verdades. Era muy extraño darse cuenta de que existía una persona que lo conocía tan bien como ella. Le hizo sentir algo que no había sentido en mucho tiempo.

Pero, ¿qué hizo el escritor? Lo echó a perder. Su ego inflado le jugó una mala pasada. Estaba tratando de sentirse la gran cosa, de sentirse una PMI. Una Persona Muy Importante. Pero era más bien un CEI (Cerdo Excesivamente Insoportable).

Creo que estás siendo muy duro contigo, Necho.

¡Oliva! ¿Eres tú?

¿Quién más te habla así?

No te puedes imaginar cuán aliviado me siento.

No traigo mis lentes. ¿Escribiste la palabra "existir" en la página anterior?

¡Sí! Lo voy a volver a escribir con letra más grande. Escribí: *Era muy extraño darse cuenta de que existía una persona...*

Ya me puse los lentes. Hazte a un lado para que pueda leer el resto.

Oliva, por favor, quédate.

¿Me estás invitando a quedarme en mi propia casa? En realidad, no es necesario, Necho.

Digo que quiero intentarlo de nuevo. ¿Por favor? ¿Escribirías un libro conmigo?

¿Y por qué habría de hacerlo?

He cambiado. He crecido. He aprendido algo de mí
y de los demás.

¡Ajá! Desarrollo de personaje. Muy importante
en una historia.

No estoy hablando del personaje de una historia.
Estoy hablando de mí.

Lo sé. Pero todos somos personajes en nuestra
propia historia, Necho. Estás frunciendo el ceño.

Creo que no entiendo.

Sólo digo que tu vida es una historia, y que
tú eres el personaje principal. ¿Tu historia
es una comedia o una tragedia? ¿Es aburrida?
¿O acaso se trata de una novela fascinante de
ésas que te atrapan y no te sueltan? El punto,
Necho, es simplemente que cada quien es el autor
de su propia vida. Así que, si me dices que
has cambiado, me gusta lo que estás escribiendo.

¿Eso significa que escribirás un libro conmigo?

Bueno, supongo que puedo intentarlo. ¿Qué pasa, Necho? Parece que viste un fantasma.

Por un momento me pareció ver... ¿Oliva, eres tú?

Claro que soy yo. ¿Nunca te dijeron que es de mala educación quedársele viendo a la gente? Ahora, recórrete tantito, querido. Escribo mejor sentada.

⋟ EL INFORMADOR LÚGUBRE ⋞

Domingo 17 de agosto
Ale Goría, editora

"Sus secretos son asunto nuestro"

50 centavos
Ⓥ **Edición matutina**

Equipo de demolición se prepara para derrumbar la Mansión Vela

Querido suscriptor:

Con el periódico de hoy recibirá los primeros tres capítulos de una historia verídica de fantasmas llamada *Paseo de las Ánimas no. 43*. Esperamos que sea de su agrado.

Si desea recibir los siguientes tres capítulos, por favor envíe $3.00 a:

Paseo de las Ánimas no. 43,
Lúgubre, Ténebre

Pensamos seguir escribiendo, ilustrando y publicando capítulos adicionales mientras haya lectores interesados.

Atentamente,

O.T.V.
Oliva T. Vela
Coautora

I. S. Rezongón
Ignecio S. Rezongón
Coautor

Armando
Armando Esperanza
Ilustrador

IGNECIO S. REZONGÓN

ESPECIALISTA EN MISTERIOS, EL CAOS Y LO MACABRO

PASEO DE LAS ÁNIMAS NO. 43, LÚGUBRE, TÉNEBRE   DOMICILIO TEMPORAL

Srita. Anita de la Renta
Hotel Lúgubre
Av. Ataúdes no. 99
Lúgubre, Ténebre

27 de agosto

Srita. de la Renta:

Le escribo con dos peticiones. En primer lugar, quiero rogarle que acepte mis disculpas por las cartas groseras que le mandé a principios del verano. Fui un pelmazo pedante, pero créame que he cambiado.

En segundo lugar, le pido que informe a Des y Yanila Esperanza que ya hay comprador para la Mansión Vela. Se trata de un ocupante de esta casa, quien también solicita que cancele de inmediato la demolición.

Adjunto encontrará un cheque por $250 000 pesos.

Atentamente,

I. S. Rezongón

Ignecio S. Rezongón

ḦOTEL LÚGUBRE

Donde dormirá como muerto

Avenida Ataúdes 99, Lúgubre, Ténebre

Ignecio S. Rezongón
Paseo de las Ánimas no. 43
Lúgubre, Ténebre

28 de agosto

Estimado Sr. Rezongón:

Un entusiasta SÍ a ambas peticiones. En este momento estoy llamando a Des y Yanila Esperanza. ¡Estarán encantados con la noticia!

¡Felicidades por su casa nueva!

Anita

Anita de la Renta

Hôtel de Sens
1 rue du Figuier, París, Francia

Armando Esperanza
Paseo de las Ánimas no. 43
Lúgubre, Ténebre

29 de agosto

Querido Armando:

¿Ya te enteraste de la buena noticia? ¡Anita de
la Renta encontró comprador para nuestra casa!
Estamos muy orgullosos de ti por no haber
espantado al Sr. Rezongón con esas tontas
historias de fantasmas.

La Srita. de la Renta también nos contó
que este verano te volviste MUY rico.
¡Qué muchacho tan listo! No te preocupes
por el dinero. Podemos cambiarlo a euros
cuando regresemos a Europa contigo.

¡Pronto estaremos en casa para cerrar
la venta y recogerte!

Sinceramente,

Mamá y Papá

P. D. Perdón por no haber escrito antes.
¡Te hemos extrañado mucho!

Profesores Des y Yanila Esperanza
Hôtel de Sens
1 rue du Figuier
París, Francia

30 de agosto

Queridos mamá y papá:

Tienen razón, Anita de la Renta ya encontró comprador para Paseo de las Ánimas no. 43. Soy yo.

Compré la casa con la ayuda del Sr. Rezongón y de Oliva. Vamos a vivir los tres aquí.

Y tenían razón acerca de algo más. ¿Se acuerdan de esa carta que me dejaron cuando se escabulleron a Europa a media noche sin despedirse? Decían que no estaban hechos para ser mis papás. Estoy de acuerdo.

Buena suerte en París y en la vida.

Atentamente,

Armando Esperanza
Antes su hijo

O.T.V.

Armando Esperanza e Ignecio S. Rezongón
Paseo de las Ánimas no. 43
Lúgubre, Ténebre

Domingo 31 de agosto

Queridísimos Armando e Ignecio:

¡De todo el mundo siguen llegando pedidos de
más capítulos de *Paseo de las Ánimas no. 43*!
Acabo de contar nuestros fondos a la fecha.
Después de darle a Armando el dinero para
comprar la casa, nos quedan $350 000 pesos.

¡Y esto sólo es el comienzo! Entre más capítulos
escribas (Ignecio) e ilustres (Armando), ganarán
más dinero.

¿No es emocionante? Imagínense: Ignecio
superó su bloqueo creativo. Armando logró
comprar la casa que ama. Y *yo* publiqué
un libro. Bueno, copubliqué un libro, pero
aun así, ¡lo hice! O mejor dicho, ¡lo hicimos!

Y lo que es más sorprendente: la gente del pueblo está empezando a creer en mí. Hace rato fui a la Gastronómica Lúgubre por unos panquecillos y oí que Anestesia Mata decía a sus clientes: "No me importa si un fantasma ayudó a escribirla. *Paseo de las Ánimas no. 43* es la mejor historia de fantasmas que he leído en mi vida. ¡Muero por leer lo que falta!".

Fue música para mis oídos, chicos. Música para mis oídos. ¿Y saben cuál es la mejor parte? Que ya no tengo que rondar esta vieja casona. Por fin puedo retirarme a mi tumba a descansar en paz. No tienen idea de lo agotador que resulta esto de ser fantasma.

Unas cuantas cosas antes de irme:

Ignacio, ¿puedo sugerir que tomes $100 000 de lo que hemos ganado para pagarle a Betsy Seller el adelanto que te dio por la tontería del libro del Domador de Espectros? También creo que deberías enviarle $3 000 a O. Cielos por lo de la renta de mi casa en el verano y $10 000 para cubrir los honorarios que le debes. Te sentirás mejor contigo mismo si lo haces, Necho.

Armando, quiero que uses todo el dinero
que necesites para convertir el tercer piso
en un estudio para que pintes.

En cuanto a mí, me gustaría que alguien
mantenga limpia mi tumba. Las flores son
lindas, pero no indispensables. Sé que ambos
estarán ocupados con su carrera editorial. Sólo
recuérdenme. En realidad, es lo único que quiero.
Y sean buenos uno con otro. Recuerden que
las demás personas son tan reales como ustedes.
Que los sentimientos de los otros son tan reales
como los suyos. De hecho, nuestros sentimientos
son lo que nos hace reales.

Me da mucho gusto que se tengan mutuamente.
Disfruten mi casa. Sé que cuidarán bien
de ella... y de ustedes.

Será mejor que me vaya antes de ponerme
a llorar como una tonta.

Adiós para siempre.

Amorosamente,

Oliva

31 de agosto

Querida Oliva:

No te vayas. Esta casa no será lo mismo sin ti.

No quiero vivir en tu mansión si no estás tú.

Por favor quédate para siempre.

Te quiere,

Armando

Estos somos Sombra y yo suplicándote que te quedes.

IGNECIO S. REZONGÓN

OBRA EN PROCESO

Oliva Vela
La cúpula
Paseo de las Ánimas no. 43
Lúgubre, Ténebre

31 de agosto

Querida Oliva:

Cuando me mudé a tu casa, pensé que había cometido
un gravísimo error. Lo último que quería era tener que
cuidar a un niño de 11 años y a su gato todo el verano.

Pero Oliva, tú me hiciste recordar lo que significa
que alguien te importe. Y ahora, como a ti, Armando
me importa. ¡De verdad! Para ser niño, es bastante
tolerable. Hasta me estoy encariñando un poco con
esa bola de pelos que es su gato. ¿Y qué, si Sombra
me hace estornudar? Compraré más pañuelos.
¡Compraré un camión entero pañuelos!

Y... bueno, ¿cómo describir lo que siento por ti?
Me encanta que azotes las puertas cuando te enojas.

Me gusta que te aseguraras de que Des y Yanila
Esperanza (¡los muy miserables!) pasaran un verano
de los mil demonios en Europa. Me gusta cómo cuidas
a Armando. Me encanta que leas por encima de mi
hombro cuando trato de escribir. Me gusta cómo haces
que me emocione por crear y también por vivir.

Me doy cuenta de que paso todo el día pensando en ti,
preguntándome si lo que siento podría ser amor.
No me importa si es una locura. Es lo que siento.

Creo que nunca en mi vida había escrito esa palabra
en serio —sintiéndola en serio. Tú me enseñaste
a sentir. Tú creíste en mí. ¿Cómo no voy a creer en ti?

Y tenías razón. Antes de conocerte, estaba muerto.
Ahora estoy vivo gracias a ti.

Podría decir más, pero, ¿para qué? Lo que estoy tratando
de expresar es muy sencillo: estoy enamorado de ti,
Oliva T. Vela. Por favor, no me dejes ahora.

Amorosamente,

Necho

Necho

P. D. Y si esto no funciona, no dudaré en recurrir al chantaje. Quédate por el bien de Armando. Por favor, Oliva. Ese niño necesita una madre, y él te adora. Quédate por él, no por mí.

P. P. D. Claro que espero que te quedes por los dos. Pero ya estoy divagando como un viejo tonto.

P. P. P. D. Está bien. Voy a decirlo: Armando, tú y yo, ¿no podríamos ser nuestra propia clase de familia?

O.T.V.

Lunes 1° de septiembre

Queridísimos Armando e Ignecio:

Está bien, latosos, me quedaré. Pero sólo
si prometen hacer su parte del quehacer.

Celebremos esta noche con una cena
elegante. Yo cocino. Necho, tú puedes lavar
los platos. Y me gustaría que tú, Armando,
pintaras un retrato de nosotros.

Hasta las ocho...

Suya en la cúpula,

Oliva

P. D. Es lindo saberse querida.
Gracias, tesoros.

Éste soy yo con mi nueva familia.

Y así, terminamos
con un principio.

Porque todo final
es, en realidad,
un nuevo
comienzo.

Lo único que se necesita es una vieja mansión...

... con muchos libros...

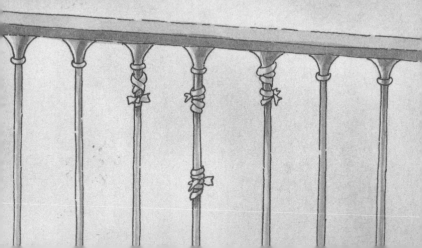

... un gato...

... una persona dispuesta a comenzar de nuevo...

... alguien que prometa nunca irse...

... y, sobre todo...

... un poco de Esperanza.

Qué lindo detalle, Oliva,

Gracias, Necho.